黒狼の花贄
～運命の血を継ぐ少女～

結木あい

STARTS
スターツ出版株式会社

妖の頂に立つ者と、妖のために咲いた花は互いにどうしようもなく惹かれ合う――。

目次

黒狼の花贄～運命の血を継ぐ少女～

序章

むかし、まだ人の世と妖《あやかし》の世の境界が曖昧《あいまい》だった頃。

明けない夜が続く妖の世——通称、常夜《とこよ》で生きる妖を、人々はひどく恐れていた。

不思議な力を持ち、人の血肉を好む異形《いぎょう》の者。力を持たない人々はいつ降りかかるとも知れないその毒牙《どくが》に怯《おび》え、ある時、常夜の頂《いただき》に立つ妖と誓約《せいやく》をした。

それは人の世を無闇《むやみ》に襲わない代わりに、数百年に一度、妖の魔力を高める血を持った花贄《はなにえ》の身を捧《ささ》げるということだった。

花贄は、常夜の月が赤く染まった年にしか生まれない。

甘い香りを放つ血を持った娘と、常夜の頂に立つ妖は何の因果《いんが》か強く惹かれ合い、妖の身体に浮かぶ『赤い紋印《もんじるし》』がたった一人の花贄を選び取るという。

特別な血を持つ一族は花贄の宗家《そうけ》と呼ばれ、花贄の娘を常夜へ差し出す代わりに溢《あふ》れんばかりの富と名声を手に入れた。

ほんの少しの〝犠牲〟を払って——。

一章　厄災の花贄

僅《わず》かに開いた障子《しょうじ》から、白い月明かりが伸びていた。

布団《ふとん》の中、冷たい場所を探すように足を滑らせる。

土が湿ったような匂いがした。いつの間にか、外では雨が降り出していたようだ。

春の初めといえど、座敷の中は少し肌寒い。隙間から見える空はもうぼんやりと明るかったが、端に置かれた和時計は寅《とら》の刻を示していた。まだ夜明け前だ。

遠くの方から聞こえる低い雷の音に、安桜香夜《あさくらかよる》はため息をついた。

何故《なぜ》かは分からないが、変な胸騒ぎがした。

そして従来《じゅうらい》、こういう時の香夜の勘はよく当たった。

「……供犠《くぎ》さま、お目覚めですか」

障子の向こう側に座した侍女《じじょ》が、ため息まじりの声で言う。香夜が勝手に外へ出ないよう、毎晩側付《そばづ》きの使用人が見張りをしているのだ。

「少し気分が悪くて……。水を、貰《もら》ってもいいでしょうか」

「水？　……はぁ、それくらいご自分でどうぞ」

返ってきたとげとげしい返事に、香夜は一瞬ためらう。

「……でも、私が外へ出れば、妖を引き寄せてしまうかもしれません」

今はまだ夜明け前だ。夜は、昼間に比べて妖が出現しやすい。外へ出たことが母屋《おもや》の誰かに見つかればまた折檻《せっかん》されるだろう。そう思って侍女の言葉を待つが、障子の奥から返ってきたのは小さな舌打ちのみだった。

こうなれば、香夜自ら水を汲みにいくしか手は無い。やむを得ず身なりを整え、妖除けの護符《ごふ》と懐刀《ふところがたな》を手に取る。

香夜が障子を開けると、廊下はしんと静まり返っていた。間の抜けたあくびが聞こえ振り返れば、嫌そうな顔を隠そうともしない侍女と目が合う。

「水も自分で汲みにいけないなんて、本当いいご身分ですよね。最近は妖の奇襲なんて滅多に無いんだから、自分のことくらい自分でしてほしいものだわ。私も好きで供犠さまの側付きをしているわけじゃないのですよ」

吐き捨てるようにしてそう言った侍女が、香夜を睨《にら》みつけた。

家の者から嫌悪《けんお》の眼差しを向けられるのは、今に始まったことではない。特別な血を持って生まれた香夜は、幼い頃から妖の標的になりやすかった。香夜のそばにいるだけで、必然的に妖から狙われやすくなってしまうのだ。そのせいか、安桜家の中に進んで香夜に近付く人間は一人もいない。むしろ、災いを引き寄せる香夜の存在を疎《うと》ましく思う者が大半《たいはん》だった。

「……こんな仕事、命がいくつあっても足りない。給金が高くなきゃとっくに辞めてるわ」

侍女の冷たい声色に頭を下げたその時、香夜は視界の端に捉《とら》えた違和感に足を止めた。

縁側《えんがわ》の外で、何かが動いたように感じたのだ。

「……ひっ！」

瞬間、ひどく怯えたように悲鳴を上げた侍女。思わずその視線を追えば、濡《ぬ》れた地面がぼこぼこと音を立てながらうねり始めているのが見えた。

――あれは、何だ。

外に、おびただしい数の黒い影がうごめいている。

夜闇《やあん》に紛れてうねる影。それが人ならざるものであることだけは、すぐに分かった。

「う、あ……」

後ずさりする香夜を追うようにして影が近付く。影が津波《つなみ》のように波打つたび、腐《ふ》敗臭《はいしゅう》がツンと鼻を刺した。妖はいつも、独特な匂いがした。香りの感じ方が、自然とは少し違うのだ。あの影に飲み込まれては駄目だ。香夜の本能がそう告げていた。

――妖が、また血を奪いに来たんだわ。

香夜はこれまでも何度か妖の奇襲を受けたことがあった。しかし頭の中で鳴る警《けい》鐘《しょう》が、異様な腐敗臭が、今までとは違う何かを感じ取っていた。短い息を吐き出し、暗闇の中、かすむ目をなんとか開く。

「く、供犠さま……」

揺れる声にハッとして横を見やると、カタカタと震える侍女が香夜に手を伸ばしていた。

彼女は、嫌々香夜の護衛を任されていたにすぎない。彼女だけでも、先に逃がさないと。そう思った香夜は、震える自身の身体に気が付かないふりをして侍女の前に立った。本当は、恐怖で今にも倒れてしまいそうだった。それでも、怯える侍女をかばうようにして手を開く。

「あなただけでも、母屋まで逃げ――っ、う……っ」

言葉の途中で、どん、という衝撃が背中に伝わり、香夜はそのまま縁側から下に突き飛ばされた。香夜の身体が地面にぶつかった衝撃で、細かい砂埃《すなぼこり》が舞う。とっさに受け身を取った手のひらに、強い痛みが広がっていく。

「あ、あんたはどうせもうすぐ妖に捧げられて死ぬんでしょう？　それなら、別にここで死んでも大差無いじゃない。それにあんたの……花贄の血は特別だって聞いたわ。他の人間とは比べ物にならない、妖にとっては花の蜜《みつ》みたいな味がするって！　それなら、こうしてあんたを盾にすれば私は喰われずに済む……！」

頭上に響いた叫び声は震えていた侍女のものだ。目の前に立った香夜を思い切り突き飛ばした彼女は、薄ら笑いを浮かべて香夜を見下ろしていた。

「……ずっと、早く死ねばいいと思ってたの。妖がこの屋敷に入ってくるのだって、あんたのせいでしょう。早く常夜へ捧げられればいいのにって、この間当主様も仰ってたわ。……滑稽《こっけい》ね。使用人だけじゃなく、実の母親からも、死を願われてるってことじゃない！」

地面に倒れ込んだ香夜に、侍女の叫びが突き刺さる。顔を上げることはできなかった。

数百年に一度、妖の世――常夜に浮かぶ月が真っ赤に染まり、甘美な血を持つ少女が人の世に生まれる。少女は太平《たいへい》の世を保つため、二十歳を迎えるころに常夜で最も強い力を持つ常夜頭《とこよがしら》へ捧げられる花贄となる。それが、香夜だ。

花贄を捧げる代わりに人の世を襲わないという誓約があったとしても、時折誤って紛れ込んでしまう妖がいた。そして常夜から人の世に入った妖は皆、甘い血の香りに誘われて花贄を襲うのだ。

花贄を妖から守る加護は、血の繋がった両親が持つ守護結界《しゅごけっかい》のみ。しかし、香夜の血は花贄としての香りがひと際濃く、守護結界だけでは留めておくことができなかった。そのため、この屋敷には香夜を狙った妖が時々現れるようになり、そのたびに香夜は命の危険にさらされていた。

香夜を突き飛ばした侍女の言い分はもっともだ。香夜の周りにいるだけで妖に襲われる周りの者は、たまったものではないだろう。側付きの侍女から見捨てられようと、実の母親から冷遇されようと、それは当たり前のことなのだ。

「ほら……、あんたは供犠なんでしょう？　食べるなら私を食べてとか、言いなさいよ。あんたの世話を今までしてやったのは誰？　恩返しくらいできないわけ？」

「……た、食べるなら……私を……」

喉《のど》がつっかえたようになって、うまく話せない。

感情などとうに捨てたはずなのに。厄介者である自分が盾となり、侍女を守らないといけないのに。それすらできないのなら、もう生きている意味などどこにも――。

その時、隙を狙ってうごめいた影が香夜へ大きく波打った。

「……っ！」

飲み込まれてしまう、そう思って体を固くした瞬間、強い桜の香りに包まれた。

斬撃《ざんげき》の音が間近で重なり、目と鼻の先まで近付いていた影があっけなく霧散《むさん》していく。何が起こったのか分からず香夜が目を瞬いたその時、雷が鋭い音を立てて落ちた。

強い雷光によって、一気に視界が明瞭《めいりょう》になる。

白くなった眼前に見えたのは、薄暗い霧《きり》にまみれて舞う蝶《ちょう》の姿だった。

気味悪くうねり続ける影に集《つど》う蝶の群れを、侍女が怪訝《けげん》な表情で見下ろす。香夜もまた、事態を把握しきれずに呆然とすることしかできなかった。蝶が影に止まると、刀で斬られたように影が消える。その光景はまるで、蝶が香夜を守ってくれているようだった。

——何が起こっているの……？

光り輝く蝶が羽ばたき、香夜の手のひらに鱗粉《りんぷん》を落とす。すると驚くことに、手のひらの擦《す》り傷が瞬く間に治っていった。蝶が舞うと、ほのかに香る桜の芳香《ほうこう》。どこか懐かしいその香りを吸い込むたび、香夜の心を占めるのは苦しいほどの愛《いと》おしさだった。

ふっと力が緩み、握りしめたままだった護符が下に落ちる。

護符を手放したとたん、肺が苦しくなり、香夜は咳き込むようにして息を吐き出した。どうやら自分でも気が付かないうちに息を止めていたようだ。

「……はっ、……は……っ」

言葉を発しようと口を開いても、空気を噛《か》んでいるようで、何も言うことができない。

影がいた場所に視線を戻して立ち上がるが、もうそこには何も無かったかのような静寂《せいじゃく》が広がっているだけだった。

奇妙な雰囲気をまとった煌《きら》びやかな蝶も、もういない。かぐわしい桜の香りだけが、その場に残っていた。

母屋の方から、せわしない足音が近付いてくる。その足音を聞いて顔色を変えた侍女が、即座に縁側の下へと降りて頭《こうべ》を垂《た》れた。

やがて数人の護衛と共に駆けつけた女が、香夜の前で立ち止まった。

「お母様……」

香夜がそう言うと、氷のように冷ややかな視線が落とされた。ひんやりと冷たい、いつも通りの表情だ。

香夜の実母、郁《いく》は娘の呼びかけにも顔色を変えず、口を開く。

「……そう、生きていたの」

小さな呟《つぶや》きには、落胆の色がにじんでいた。そのまま、とがった視線が香夜に向けられる。びくりと身体を震わせ目線を合わせると、郁の眼光が一層強まった。

「まだ夜明け前ですよ。何故、座敷を出たのです。花贄なら、花贄らしくじっとしていたらどうですか。そんなに屋敷の人間を殺したいのですか？」

すると、スッと音もなく歩み出た郁が、香夜の前に立った。久しぶりに真正面から見た母の表情は彩度《さいど》が感じられず、まるで死人のように白くぼやけていた。

「……恐ろしい、厄災の子。死ぬなら、あなた一人で死になさい」

まるで香夜という存在を心から嫌悪しているような眼差しで、郁が続ける。

香夜はそんな郁の顔をぼんやりと眺《なが》めながら、思考が遠ざかっていくのを感じていた。

今日が何の日であるか、母である郁に話す気力すら、もう無かった。

──それは、太平の世を保つために常夜へ捧げられる花贄、安桜香夜が十八になった日。

雷鳴とどろく、美しい春の宵《よい》のことだった。


広い屋敷の隅、冷え切った空気が満ちる影の間。

そこが、香夜の座敷だった。

閉め切った障子から差すほんの僅かな光を頼りに、着替えへと手を伸ばす。

妖が屋敷へ侵入した騒動から一晩が経《た》った今日、香夜は郁から直々に呼び出されていた。

こんな早朝に、郁から呼び出されるなんて初めてのことだ。

考えるまでもなく昨日の件だろうが、今回はどのような罰を与えられるだろうか。

ぶたれたり、縛り上げられる以外のことであってほしいと頭の中で考える。痣《あざ》ができてしまうと、薄い布団に擦れてひどく痛むのだ。

──そういえば、昨日の傷……。

ふと手のひらをさすってみるが、昨日負ったはずの傷はやはり綺麗《きれい》に治っていた。

香夜を守るようにして、影を攻撃した蝶。蝶の鱗粉が香夜に触れた瞬間、身体が不思議な熱を持って傷が癒えていった。あの蝶は、一体何だったのだろうか。

座敷牢と比べても差が無いくらいに質素《しっそ》な六畳ほどの狭い室内で、かけてあった羽織に腕を通す。糊《のり》のきいた羽織は腕を通すとひやりと冷たい。

そのままいつもの癖《くせ》で護符と懐刀を取ろうとして、ふと手が止まる。

小さな懐刀は、幼い頃、香夜が父から譲り受けたものだ。父は、桜の花びらが降りしきる木の下で、香夜に繰り返し話をした。

『……いいか、香夜。私たちの一族は代々、人の世を守り通してきた誇り高い家系だ。常夜の赤い月が生んだ花のおかげで、人の世は守られる。……それでも、その花は人の世を守ると同時に多くの災いを引き寄せてしまうんだ』

『災い……妖のことですか？』

『……いや、妖だけじゃない。災いは恐れを呼び、恐れは人を人でなくしてしまう。恐怖心に囚われた人間というのは、時に妖より狂暴になるからね。足元に咲いた小さな花を平気で踏みつぶしてしまえる残酷さが、人にはあるんだ。……だから、決して父様から離れてはいけないよ』

そう続けて、父は哀《かな》しそうに微笑《ほほえ》んだ。幼かった香夜が話の内容を理解したのはそれからずっと先のことで、やがて自分が妖に捧げられる花贄であることを知った。

冷たく寒々しい屋敷の中で、唯一香夜に寄り添ってくれていた父。人の世を救うため、常夜頭へと捧げられる香夜に愛情を注いでくれた人。陽だまりの中で香夜の頭を撫《な》でる父の手は、いつも温かかった。

香夜の父は、八年前、妖に殺された。

遺体すら残さず、急に跡形もなく消えてしまったのだ。屋敷に仕える陰陽師が顔を青くして父の死を知らせに来た時、香夜はその場に倒れ込んだ。それは、香夜が十歳になった時のこと。花贄の血が開花し、妖を引き寄せるようになった頃だった。

自分が妖をおびき寄せたせいで父は殺されたのだ。香夜はそう自らを責め続け、母親である郁は香夜を屋敷の奥に閉じ込め軟禁状態にした。花贄の香りを、少しでも外へ逃がさないように。

姿見の前に立ち、香夜は軽く息をつく。目に入ってきたのは僅かに怯えているようにも見える自分の姿だった。

障子を開けると前にあったのは暗い廊下。隙間から、冷たい風が吹き込んでくる。監視役の侍女はいない。昨日の今日で、皆怯え切っているのだろう。こうして一人で屋敷を歩くのは、久しぶりのことだった。

どこまでも続いているような長い廊下はしんと静まり返り、歩を進めるたびに床がきしむ音がする。途中、縁側から見えた中庭の灯籠《とうろう》はうっすらと苔むしていた。

母屋に入り、桜の紋が描かれた襖《ふすま》の前にたどり着く。郁がいる座敷だ。

この先に郁がいると考えただけで、心臓がひくりと引きつるのが分かった。逃げ出してしまいたいのに、それができない。郁の呼び出しに従って母屋まで来たのも、折檻されると分かっていてこの襖を開けようとしているのも、香夜に染みついた恐怖心からくる無意識の行動だった。

すると、閉じていた襖が音もなく開かれた。

立っていたのは、冷たく香夜を見据える郁と、昨日香夜を突き飛ばした側付きの侍女だった。奥に数人、母屋の使用人が控えているのも確認できる。香夜を見た侍女の目が弧を描いているように見えて、背に汗がにじんだ。

「入りなさい」

「……はい」

郁に言われるがまま座敷の中へ入る。すると、侍女の腕に包帯が巻かれているのが目に留まった。あのような包帯、昨日は巻いていなかったはずだ。

「……離れに、小さな血痕が残っていました。もちろんすぐに処理しましたが……昨日、離れで一体何があったのですか」

「血痕……ですか？」

郁の言葉に、香夜は昨日突き飛ばされた時に負った傷を思い出す。きっと、残っていたという血痕は香夜のものだろう。すると、香夜が返事をするより先に侍女がすり寄るようにして声を上げた。

「当主様、信じてください。昨日の襲撃は、全て供犠さま自身が招いた事故だったのです。私は止めたのですが、どうしても座敷を出たいと供犠さまが仰って……しぶしぶ付き添ったところを妖に襲われたのです。その上、供犠さまは自分の身を守るために妖の前で私を突き飛ばしたのですよ」

「え……？」

悲痛な表情で郁に訴えかける侍女に、香夜は戸惑った。侍女の言っていることが、全くのでたらめだったからだ。座敷を出て香夜が自分で水を汲むように仕向けたのも、香夜を縁側から突き飛ばしたのも彼女自身だ。しかし侍女は、腕に巻かれた包帯を指さし、恨めしそうに香夜の糾弾《きゅうだん》を続けた。

「この傷を見てください。血痕は、私のものです。きっと供犠さまにとって私たち使用人は、どう扱ってもいい奴隷《どれい》同然なんだわ」

昨日の責任を全て香夜一人になすり付けるつもりなのだろう、涙ながらに訴える侍女の言い分だけを聞いていると、本当に香夜が保身のために侍女を盾にしたように聞こえてしまう。後ろに控えた母屋の使用人たちからも、「ひどい……」「恐ろしいわ……」という声が次々に上がった。

「……ち、ちが……」

違う、と言いかけたところで、香夜は口をつぐんだ。昨日本当に香夜が負った手のひらの傷は、昨日のうちに消えてしまっているのだ。これでは、香夜の正当性を主張することができない。人には花贄の血を見分けることはできないため、血痕を理由に言い訳することも不可能だ。証拠も無いままに声を上げたところで、言いくるめられてしまうのがオチだろう。

あちらこちらから突き刺さる視線が痛い。まるで、ここにいる全員から鋭い刃を向けているかのようだ。

青ざめて言葉を失った香夜を見て、侍女の口角がほんの少しだけ上がった気がした。

すると、ずっと沈黙を貫いていた郁が、香夜へと向き直り口を開く。

「……この者が言っていることは本当ですか？」

「お母様……私は……」

香夜が最後まで言い終わる前に、乾いた音が鳴った。

郁に強く叩《たた》かれ、香夜の白く透き通った頬がほんのりと赤くなる。

「そう、呼ばないでと以前から何度も言っているでしょう」

「……っ」

「……あなたなんて、産まなければよかった。いっそ、腹にいるうちに殺しておくべきだった。あと一年もあなたを匿わなければならないなんて……本当に忌々しいことだわ。花贅なんて、災い以外の何物でもないのだから」

強い拒絶の言葉に、香夜は唇を噛み締める。

分かっていたことだった。母は、香夜を愛してなどいなかった。むしろずっと目障《めざわ》りだったのだろう。

記憶の中の郁は、静かで、か弱い女性だった。

郁が香夜を見る時、その美しい顔はいつも嫌悪と畏怖《いふ》に満ちていたように思う。

初めはどうしてそんな顔で見るのだろう、どうしてこんなに嫌われているのだろうと不思議に思った。好かれようと、わざと媚《こび》を売ってみたこともある。

それでも強く当たられるたびに、こういうものなのだと慣れていった。

しかし、幼い頃は確かに幸せだった。父が、香夜のそばにいたからだ。

妖が好む血肉を持ち、皆から疎まれ育った日々。それでも、父が生きていた時は屋敷の中を自由に走り回ることができた。

父は、花贅として生まれた自身の娘に香夜と名をつけて可愛がった。慈《いつく》しみ、至上の愛を注《そそ》いだ。庭に一本だけ植えられた桜の大樹《たいじゅ》の下、陽だまりの中で父は香夜の頭を何度も優しく撫でた。

どこか申し訳なさそうに、太陽のように微笑んだ父は、恐ろしい〝外の世界〟から香夜を守ってくれた父は、もうどこにもいない。父がいなければ、香夜は人肌の温もりすら知らずに命を終えていただろう。

父が亡くなり、宗家の当主は事実上、郁が務めることになった。

身体が弱く病に伏しがちだった郁がどんな思いで今まで家を守ってきたか、想像に難くない。妖の花贄である香夜が家にいる限り、襲撃はいつまでも続く。もう、とっくに限界だったのだ。

「……あの人が死んだのだって、あなたのせいじゃない」

小さく、郁が呟いた。中庭の桜は、父が郁のために植えたものだという。寄り添い、支え、互いが互いを必要としながら深く愛し合っていた二人。仲睦《なかむつ》まじかった両親を引き裂いたのは、他の誰でもない、香夜だ。香夜が、郁から父を奪ったのだ。

「……常夜の月が赤く染まらなければ、娘さえ産まれなければ、今もあの人は私のそばにいてくれた。……富や名声をいくら与えられようと、あの人は戻ってこない。全部、あなたのせいよ。私の人生は、あなたのせいでめちゃくちゃになってしまったの……！」

「……申し訳、ありません……当主様……」

声を荒げて詰め寄る郁に、謝ることしかできない香夜の喉はつぶれたように狭まり、ひゅう、という息の音だけが漏れた。郁の香夜に対する悪感情が決定的なものになったのは、父が亡くなった八年前のことだった。

深く息をついた郁が、縁側に通じる襖に手をかけながら続ける。

「……私には、この屋敷の全員を守る義務がある。あの人から受け継いだ、最後の務めです。家の者を危険に晒《さら》さないよう、花贄らしく慎《つつし》んで過ごしていなさいと常々言ってきたつもりでしたが……それでもまだ理解が足りないようなら、その身に教え込むしかありませんね」

もうこれ以上話す気は無いとでも言うように、香夜から目を逸《そ》らした郁が、後ろの使用人に合図した。

「……縄と、水桶《みずおけ》を中庭に持って来なさい」

郁が言った水桶という言葉に頭が真っ白になる。そのまま香夜は、座敷から見える中庭へと半ば強引に連れ出された。

間もなく、ひたひたに水が張られた桶が地面に置かれ、怯《ひる》む香夜を押さえつけた使用人が一気に身体を縛り上げた。力強く縛り付けられた痛みで、香夜から小さな悲鳴が漏れる。

「つう……！」

「ふ……、いい気味ね」

香夜にしか聞こえないような声で、侍女が囁《ささや》く。侍女はそのまま、縛られ、自由を失った状態で水桶の前に跪《ひざまず》いた香夜の髪を強くつかんだ。

「……嫌……、嫌……当主様、聞いてくださ……っ、うっ！」

痛ましい香夜の叫びは郁に届くことなく、そのまま冷たい水の中に顔を沈められ、息ができなくなる。

「……っ、げほっ！　ご、ほ……！」

肺に水が入り意識が飛びかけたその瞬間、侍女の手が緩められ、香夜は激しく咳き込みながら桶から顔を上げた。涙と共に流れた水が、香夜の着物を濡らしていく。香夜が肩で息をしていると、後ろから、くすくすと重なる嘲笑《ちょうしょう》の声が聞こえた。

「……いいですか、これは教育です。あなたの行動一つで安桜の屋敷にいる全員の命が脅《おびや》かされるのですから、それ相応の生き方を身をもって覚えなさい」

そう言うと、郁は口元を緩めてみせた。皮肉なことに、郁がそうして娘に向かって笑みを見せたのは数年ぶりだった。

冷水に沈められ、氷のように冷たくなった香夜の瞳から光が消える。胸が痛くて、苦しいのは、まだ自分の中に心が残っているからなのだろう。花贄として生まれた娘は初めから、常夜頭に血を奪われることを前提として育てられる。いつか妖に喰われて殺される身でありながら、痛みなど感じていてはいけない。郁の言うとおり、花贄としての生き方を早く覚えなくてはいけないのだ。

──それなら、一体、いつまで？

いつまで、この苦しみが続くのだろうか。いつまで耐えれば、許してもらえるのだろうか。二年後、妖の世に捧げられてしまえば全てが終わるのだろうか。香夜の中に芽生えた小さな歪《ひず》みが、じわりじわりと広がっていく。

「……っ、く、う！」

侍女が、鬼のように笑いながら香夜を水桶に沈める。生きているだけで皆から疎まれる、厄災の花贄を罰するために。

──誰か、助けて。

香夜は人知れず、心の中で叫んだ。この痛みから、苦しみから逃れられるのならばきっと──妖の手すらつかんでしまうだろうと。

その瞬間、空気が震えるのを感じた。音が、止まったのだ。

突然の異変にびくりと肩を跳ね、顔を上げる。

瞬く間に黒い瘴気《しょうき》が場を包み込み、澄んだ桜の香りが辺りに充満《じゅうまん》していく。

「……何を、呆けた顔をしているのですか」

眉をしかめてそう言った郁に、香夜は違和感を覚えた。

いや、違う。違和感があるのは郁ではない。中庭から見える襖のもっと奥、先程まで香夜たちがいた座敷の中だ。

薄暗いモヤがかかったような座敷の中に、何かがいる。その気配に気が付いた瞬間、香夜は背筋が凍るのを感じた。

「……妖が、いる？」

声が震える。

座敷の中から感じる禍々《まがまが》しい気配は、妖のものだ。それも、かなり強い力を持った。桜の香りは段々強くなっていき、やがてむせ返りそうなほどになる。

「……この香り、は」

得体の知れない〝何か〟が、郁の座敷から近付いてくる。

数秒遅れて、異様な気配に気が付いたのか、郁が静かに息をのむのが分かった。

ふわりと舞い込んだ蝶が、光り輝く鱗粉を散らしていく。

やがて姿を現したのは、面を着けた妖の姿だった。

紫紺《しこん》の羽織をまとった背丈の高い男が、縁側からこちらを見下ろしている。輝きを放つ蝶がたわむれに舞い、香夜の目の前を通り過ぎた。昨日と同じ斬撃の音が耳に届いた瞬間、香夜の身体を縛っていた縄がはらりとほどける。そのまま男が持つ打刀《うちがたな》に蝶が止まり、見えない鞘《さや》に収まるようにして刀が消えた。

面の下、男の表情を読み取ることはできない。不思議な熱を持った深紅《しんく》の瞳だけが香夜を見つめていた。

どくんと鼓動が脈打ち、血が凍っていく感覚がした。男が持つあまりの重圧感に、動くことすらかなわない。人は生死に関わる脅威《きょうい》を目の前にした時、身体が硬直し動けなくなるということを聞いたことがある。今が、まさにそうだ。たった一回の瞬きすら〝死〟に直結してしまいそうな、冷えきった恐ろしさが香夜の身体を伝った。

嘘のように静まり返った場で男が足を進めるたび、桜の香りが舞った。どうしてだろうか、香りを嗅ぐだけで、こんなにも頭がくらくらするのは。

「……黒狼《こくろう》」

郁の声が僅かに震える。

黒狼、と呼ばれた男はゆっくり首を傾げると、郁とその後ろに控えた使用人たちを見渡した。先程まで香夜の髪をつかんで水桶に沈めていた侍女が、言葉にならない様子で後ずさる。

「……お前たちは、一体、何をしている？」

男の怒りに満ちた低い声に答える者は、誰もいない。男に睨《ね》めつけられた侍女の喉から、声にならない悲鳴が漏れた。

「何をしていると、聞いているんだ」

再びそう言って、瞳孔《どうこう》を開いた男が縁側から中庭へと降り立った。

「……そこの女、お前は屋敷の下女か？　お前は本来、花贄と話すことすら許されない立場なはずだ。それなのにお前は今まで、花贄の髪をつかんで何をしていた？」

「わ、私は……私は、ただ、罰を与えていただけで……」

「……ほう、花贄は一体どんな罪を犯したんだ？　お前が公言した虚言《きょげん》の方がよっぽど厳罰に値すると思うが、いっそ殺してやった方が世のためか？」

息をすることすら憚《はばか》られる殺気が、場に満ちていくのが分かった。無情な問いを投げかけられた侍女はガタガタと震え、真っ青な顔で硬直している。

「常夜頭が、何故……こんなに早く……」

侍女と同じく顔色を変えた郁が、男と目線を合わせないようにしてそう言った。

――嘘……この人が……常夜頭……？

妖の世を統べる大妖怪、黒狼。常夜頭の地位に君臨し、この世の全てから恐れられる妖のことだ。その常夜頭がここにいる男なのだとしたら、見ているだけで気を失ってしまいそうな魔力の気配にも納得がいく。

「……花贄が、俺を呼んだ」

男の声が鼓膜《こまく》を揺らし、香夜の心臓が脈打つ。感じたことがないくらいに全身の神経が高まり、男から目を離すことができない。すると視線に気が付いたのか、男の意識が香夜に移るのが分かった。

「……こんなに大勢で無抵抗の人間を取り囲み、冷水に沈めていたのか。……はっ、まるで妖の所業だな」

そう続けてこちらへ歩を進めた男が、倒れ込んだままの香夜へと手を伸ばす。反射的に身体をすくめると、男の動きが止まった。

「……痛むか？」

戸惑いがちにそう尋ねた男の指先が、香夜の身体に触れた。

「……、え？」

男の指先から熱が伝導し、凍ったように冷たくなっていた身体が温かくなっていく。しばらくすると、濡れて貼り付いた髪や着物も元通りになった。

冷たい屋敷の中で、久しぶりに触れた柔らかい温度。壊れ物を扱うようにして香夜に触れる男の手から伝わるのは、溢れるほどの慈しみだった。

気が付くと、香夜は涙を流していた。

「……あなたは、どうして私を……？」

思わずこぼれた香夜の問いに目を細め、男が続ける。

「……もう、大丈夫だ。俺がお前を迎えに来た」

穏やかに響いた男の声。男が言った言葉の意味を理解する前に、凍り付いた香夜の心が温かく溶《と》かされていくのが分かった。どうしてか、今、一番欲しかった言葉を貰えたような気がした。

男は静かに涙を流す香夜をそっと抱きしめると、そのまま香夜の着物の袖を軽くたくし上げた。衣擦れの感覚に、身体が小さく反応する。

「何度も繰り返し、体罰を重ねていた痕が残っているな。安桜郁、屋敷の主人はお前だな？……貴様、常夜頭の監視が及ばない守護結界の中で花贄をどう扱っていた」

男の言葉に、郁は何も答えない。顔をしかめ、言葉を失った様子で郁は男に平伏《へいふく》していた。何も答えられない郁を見て、男が鼻で笑う。場に満ちる瘴気が、だんだんと質量を増していっている気がした。

「恐れが憎しみに転じたか。……愚かなことだ。どうも、この屋敷の者は教育が必要らしい。花贄を無下に扱えばどうなるかということを教えてやる」

怒気を孕《はら》んだ低い声を響かせた男の元に、蝶が集まっていく。多数の蝶はやがて形を変え、男が従える大きな狼の姿になった。低く唸る姿も、ぎらりと照った鋭い牙も、本物の狼そのものである。

「ひいぃ！」

自身の目の前に現れた狼を見た侍女や使用人たちが、恐れおののいた様子で逃げていく。しかし、我先にと逃げようとする使用人たちを男が阻《はば》んだ。

「逃がすはずが無いだろう」

間違いない。男は今、狼を使って皆を襲わせようとしている。開き切った瞳孔で前を見る男に、香夜はそう確信した。常軌《じょうき》を逸《いっ》した恐ろしい光景に、足がすくんで動かない。それでも香夜はなんとか息を吐き出し、横に立つ男の羽織をつかんだ。

「……どうした」

気を抜けば一瞬のうちに喰われてしまいそうなほどの威圧感を放っているというのに、男の声色はどこか甘やかに柔らかく響いた。

床に縫《ぬ》いつけられたかのように動かない自分の足を恨みながら、香夜はゆっくりと頭を横に振る。郁や侍女たちを襲わないでほしい、と願いを込めた動きだったが、狼の唸り声は止まらない。今にも地面を蹴って、前へ飛び掛かりそうな勢いだ。

再び必死に頭を振り、男の羽織をか弱い力で引っ張る香夜。恐怖で喉に詰まった声の代わりに、涙が込み上げた。香夜は、どれだけひどい扱いを受けようと屋敷の者を恨んだことが無かった。ましてや、こんな形で報いを受けてほしいなどと願ったことすら無い。

――お願い、……誰も、殺さないで。

祈るように男を見上げた香夜の双眼《そうがん》から涙が流れた。すると、深いため息をついた男が香夜の涙をすくい取る。そのまま男が手をかざすと、牙を見せていた狼が光に包まれるようにして蝶の姿へ戻った。張り詰めていた緊張感がほどかれ、香夜の身体から力が抜けていく。

「……全員、今すぐに俺の前から失せろ。ただし、それ相応の処分を覚悟しておくことだ。使用人の一族や、安桜に対する今後の支援は一切無いものと思え」

男の冷ややかな声色に、青ざめたままコクコクと頷く侍女。異議を唱える者は、誰もいなかった。

「……寛大《かんだい》なご処置を賜《たまわ》り、痛み入ります。申し訳、ございません……でした」

そう言った郁もまた、額が擦れそうなほど地面にひれ伏した後、侍女たちを連れてその場を去っていった。ほっと息をついたのも束の間、ピンと張るような視線を感じて振り返る。

緩やかに、それでいて刺すように放たれた男の視線から感情を読み取ることはできない。

「……お人よしも、度が過ぎれば自分の身を滅ぼすぞ」

憤りをにじませた声色で、男は続ける。

「お前の母親も、お前の髪をつかみ上げていた下女も、俺は消し炭にしてやるつもりだった」

不満げにそう続けた男から感じたのは、先程とはまた少し違う圧迫感だった。

この男はきっと、指先一つで自分を殺すことができるのだろう。そんな恐ろしさに、香夜は手足が冷たくなるのを感じた。

　この男が常夜頭ならば、花贄である香夜を喰らう冷酷《れいこく》な妖だということだ。優しく自分に触れた男が恐ろしい妖だったということを思い知り、香夜は今さらながらに絶望した。

「あなたが……常夜頭だというのは本当ですか……？」

　香夜がぎこちなくそう言うと、面の下で男が薄く笑ったのが分かった。

「ああ。俺が常夜の主、黒狼の識《しき》だ」

「……し、き」

「……昨日この屋敷に入った時、強い香りを感じた。上質な、なんともそそられる香りだった」

　そう言って、識が香夜の首元に顔を近付けた。そのまま匂いを嗅《か》がれ、思わず肩をすくめる。識の動きは、空腹の獣が獲物を前にした時の仕草に似ていた。黒い着物からほんの少し見えた紋印のようなものが赤く色づき、香夜を誘惑する。

「……開花した、お前の香りだ」

　耳元で囁かれた、低く、腹の内側をゆるりと撫でられるような声にぞくりとした。自分は今からこの男に喰われるのだと、嫌でも自覚させられるようだった。

　身の危険を感じ、後ずさりしようとした香夜に、識の動きが止まる。

「……何故そんなに震えている？　もうここに、お前を脅かすものは何も無い」

そう言った識が、そっと香夜の頬に手を添えた。強い眼差しとは裏腹に優しく動く識の指先からは、繊細な気遣いが伝わってくる。

拍子抜けした香夜が少し力を抜くと、識はふっと息をつき距離を詰めた。

「そう身構えるな。俺はお前を傷付けるつもりは無い」

「……え？」

識の手がゆっくりと伸び、香夜の首筋に長い指先を這わせた

「常夜頭と花贄は、つがいのように惹かれ合うというが……」

つう、と肌を滑る識の指の冷たい感触に思わず小さな声が漏れ、身体が揺れる。

「……やはり、お前が俺の片翼《かたよく》のようだ」

体温を感じられるほどに近付いた識の鎖骨の下、全貌《ぜんぼう》を露わにした常夜頭の紋印が鮮やかに色づいているのが見えた。

香夜の鼓動と連動し、識の身体に浮かんだ印が鮮明になっていく。そのまま香夜の手をつかんだ識が、赤い印へと導いた。そっと指先が触れた瞬間、身体に柔らかな電流が走ったかのような感覚が襲う。感じたことのない感覚に、香夜は脚の力が抜けていくのが分かった。

「……っ、う」

香夜の反応を確かめるようにして何度か指先を上下させた識が、薄く笑って口を開

く。

「明日、迎えをやる。扉を使い、こちらの世界に来い」

「……こちらの世界？」

「夜が明けぬ地、常夜だ。お前を十八代目常夜頭、黒狼の花贄として迎えよう」

識の甘い声が耳元で響いた。どこか懐かしい桜の香りが鼻先をくすぐる。媚薬《びやく》のような香りに、うまく思考がまとまらない。

頭がくらくらする中で、妖しく光を放つ紅い瞳から目を逸らすことができなかった。

二章　扉

夢を見た。

淡い光の中で、しきりに誰かの名を呼んでいる夢を。

聴こえるのは懐かしい子守唄。

おひさまのにおいがした。春風が前髪を柔らかく舞い上げ、額をくすぐる。日差しに桜の花びらが反射し、ちらちらと照っていた。橙色に染まりゆく温もりの中で踊る薄紅。さながらそれは夢のようで、気怠《けだる》さも、欲も、全て甘やかに絡めとって溶かしてしまう。

こちらにおいでとでも言うように、花びらが頭上に舞った。

まただ。また、同じ夢。

真綿に包まれているような感覚がした。

「……夜は、暗くてさみしいもの」

夢の中の私は、いつの間にか誰かに話しかけていた。薄く重なった視線は微笑みへと変わり、空中で花筏《はないかだ》が波をつくる。

「……私が明るくしてあげる」

——だから、どうか、泣かないで。

いつも哀しそうに私を見る誰かの名前を呼ぼうとして、手を伸ばす。

振り向いたその顔は、まだ、見えない。

あっという間の出来事だった。

紫紺の羽織に身を包んだ常夜頭――識は固まる香夜を横目に薄く笑い、そのまま音もなく中庭から消えていった。

再び春風に乗って舞い込んだ数匹の蝶が、識を追うようにして羽をはためかせ、輝く粉となって消える。

止まっていた時が流れ始めたかのように、庭に酸素が満ちていく。

遠ざかっていく妖の気配。それと共に桜の香りが薄くなっていくのが分かった。

しばらくその場で呆けた後、香夜は思わず自分の胸を押さえていた。トクトクと応える自身の鼓動にまだ生きていると息をつき、識が消えた方へと目線を送る。

不思議な妖だった。

今まで遭遇《そうぐう》した妖はどれも皆、真っ先に襲い掛かってくる者ばかりだったため、識のように会話ができる妖は初めてだったのだ。

『……もう、大丈夫だ』

『もうここに、お前を脅かすものは何も無い』

低く響く声でそう囁き、香夜にそっと触れた識。彼の目に灯る光は優しく凪《な》いでいたように思う。

蜜のように甘い香夜の血肉は、妖の魔力を最大限まで高める効果があるという。妖は自分を狙い、命を奪う存在。生まれた時から妖へ捧げられる花贄として育った香夜にとって、それは揺るぎない事実だった。

だからこそ、香夜はあの時自分を助けた識の意図《いと》が分からなかった。戸惑いがちに、愛《め》でるように香夜に触れた常夜頭。ただの気まぐれだったのか、それとも――。

何度考えてみても分からず、香夜は深く息を吐く。

香夜の血を誰よりも欲しているはずの常夜頭が、あんなに優しいはずがない。花贄として捧げられた瞬間、喰われて殺される――そう思っていたのに。

「……どうして?」

一人になった中庭で、香夜は誰に向けるでもなく、そう呟いた。


翌日、常夜からの使者だという妖が屋敷を訪れた。

人間界と常夜の境目は、普段は厳重に管理されており立ち入ることはできない。互いを行き来することができるのは、強い魔力を持つ者だけである。そのため花贄に選ばれた宗家の娘が常夜へ行くには、橋渡し役が必要になる。それが、扉《とびら》と呼ばれる存在だ。扉は特殊な力を持つ妖で、各地に隠されるようにして繋がれているという。

使者に連れられ香夜がたどりついた先は、安桜の屋敷から少し離れたところにある家屋《かおく》だった。

家屋の中は、安桜の屋敷と同じで薄暗く肌寒い。香夜の前を歩く案内役の妖は大きな黒い影で身体ができていて、実体を見ることはできなかった。見ようとすればするほど姿がぼやけ、見えなくなってしまうのだ。

「く、供犠さま。こちらの道を歩いてください」

「……はい」

吃音《きつおん》が目立つ低い声に従い進む。久しぶりに耳にした供犠という響きに、改めて自分が今から身を捧げに行くことを自覚させられた。

「く、口無しさま、口無しさま。は、花贄の供犠さまを、お連れいたしました」

たどり着いた襖に向かって言葉を投げかけ、黒い影はスッと消えた。

この先は一人で行けということだろう。深く息を吸い込み、帯の中に隠した懐刀をそっとさする。たった一人で亡くなってしまった父の最期《さいご》を、ずっと知りたいと願っていた。それが香夜にできる最初で最後の弔《とむら》いなのだと。周りから死を願われながらもまだ心を保っていられたのは、父がくれた温もりがあったからだ。

花贄である自分に優しく触れた、獣のような目をした妖。識の指先から伝わってきた優しさは、かつて父に貰った温もりにどこか似ていた。恐ろしい常夜頭に一瞬垣間《かいま》見た柔らかな感情は、まやかしだったのかもしれない。それでも今は、絶望とは違う、希望に似た感情が香夜の心の中に芽生え始めていた。息苦しかった暗い屋敷から、どこか違う世界へと踏み出していけるような、淡くささやかな希望。それは花贄として孤独に育った香夜にとって、初めて抱く感情だった。

――ただ殺されなかったというだけで、そんなことを思うなんて浅はかよね。

心を押し殺すようにぎゅっと瞬きをし、香夜は濃い妖の香りが漂う襖をゆっくりと開けた。

「……ふふふ、これは愛《う》い。一段と愛い花贄だ」

聞こえたのは、しわがれた老婆《ろうば》のようにも幼い少女のようにも聞こえる声。

口無しさま、と呼ばれた妖は、座敷の中心に鎮座《ちんざ》していた。

複数の黒い影に囲まれ座っていたのは、重苦しい気配には似合わない、小柄な少女。畳に流れる長い髪は白銀に透き通り、こちらをじっと見つめる双眼は赤い。口元は大きな当て布で覆《おお》われていた。

なんと濃縮《のうしゅく》された香りなのだろうか。複数の目に凝視《ぎょうし》されているような感覚が香夜の身体を包む。

常夜と人の世を繋ぐ扉となる妖は三体いる。それぞれに付けられた名は、口無し、目無し、耳無し。過去に大きな咎《とが》を犯してここに封印されているとの噂もあるが、真《しん》偽《ぎ》は定かではない。

「どうした？　遠慮せず、近う寄れ」

白蛇のような瞳が香夜を無遠慮に見る。好奇心が混じった視線はあどけなく無邪気であるが、心地いいものではない。

「そなたとはずっとこうして、話したかったのだ。ふふふ、常夜頭にやるには惜しいくらい愛い姿じゃのう？」

向けられる言葉がやけにわざとらしく聞こえる。香夜はじっとこちらを見続ける口無しを前に口を開いた。

「……恐れながら、口無しさまとお話ししている時間は無いのです」

「……ほう？」

じろりとこちらを見る口無しの視線に、唾《つば》を飲み込む。

幼い頃、父に強く念押しされたことがある。

それは扉となる妖と無闇に会話してはならないということだった。

身体を持たず、仮初《かりそめ》の姿で人の世に繋がれている口無し、目無し、耳無しの妖は他の妖と違って常に肉体を求めている。

そしてそれは周りにうごめく黒い影も同じ。

気性《きしょう》は非常に気まぐれで、過去には身体ごと喰われてしまった花贄もいたという。気会話をしてはならない、興味を持たれてはならない、気に入られてはならない。気を抜けば喰われてしまうからね、と父は繰り返していた。

「……常夜頭さまは、私のことを大層お気に召した様子でした。ですから常夜への到着が少しでも遅れてしまえば、何が起こるか分かりません」

無論、これは香夜の出まかせだった。父の言いつけを守り、口無しに喰われないようにするにはどうしたらいいだろうかと香夜なりに考えたのだ。結果、思いついたのは常夜頭の威を借りるという何とも拙《つたな》いやり方だった。

――自分で言っておいて、分かりやすすぎる嘘だったかもしれないわ。

そう思った瞬間、口無しの周りを囲んでいた複数の影がぶくぶくと膨れ上がり、うめき声を上げ始めた。

面白い。布に覆われ見えない口無しの口元が、確かにそう動いた気がした。

「そのように焦《あせ》るでない。ここは狭く、暗く、寒い。わらわは一人きりだ。わらわと話をしてくれる者など、ここ数十年誰一人としていなかった」

「……しかし」

「ふふ、心配せずとも、そなたには手出しせん。父親には大層愛されていたようだなぁ？　数百年ごとに、ここへ送られてくる花贄は心を失ってしまった者が大半だが、そなたの心はまだ生きておる。ふふ、ふふふふ、面白い」

この妖は、一体どこまで見えているのだろうか、と背筋が冷たくなる。

もう少しだけ話に付き合え、と続けて、口無しは独特の声で笑った。

頭がおかしくなりそうだ。言葉を重ねるたびに、目の前の少女の声色が変化するのである。

周りの黒い影は口無しと連動しているのか、それとも全く関係の無いものなのか、うぞうぞと気味悪く動き続けていた。

「影が邪魔か？　この影たちは〝目〟だよ。本体はないが、影を通してそこら中からここでの出来事を盗み見ておる」

「……盗み見ている……？　一体、誰がですか？」

「それはまだ知る必要の無いこと。しかし、あくまでここに居るのはただの影だ。奥にいる本体は今、気にしなくともよい。あぁ……そなたがわらわと二人きりになりたいと申すのならば喰ってやってても構わぬぞ？」

そう言って、にやりと笑う口無しにゾッとする。

座敷の中に充満する濃い線香のような香りが、強くなってきている気がした。

「……このままで問題ありません」

「そうか、そうか。ならばこのまま、扉を開ける前に、年寄りのたわ言に少し付き合ってくれはせぬか。わらわの所へ来た二つ前の花贄は目無しの奴がお釈迦《しやか》にしてしもうたからのぅ。あやつは理性が無くて駄目だ」

「花贄を殺したのですか？」

「殺しはせんよ、わらわたちはそこまで許されてはおらぬ。過去に少し、戯《たわむ》れで喰ってみたことがあるが別段そそられるものでもなかった」

感情の起伏が感じられない口無しの声に、香夜は目線を上げた。

すると、座敷に入った時よりも数倍膨張した影を愛おしそうに撫で上げる口無しと目が合う。

「それに、この場にうごめく目は一応体裁としてそれを良しとはせん。……ただ、少し脳の部分をつまみ喰いするくらいならいくら影の監視があろうと自由にできてしまうがの。脳を喰われた人間がどうなるかは想像するに難くないであろう。廃人となり、自分が何者かすら分からなくなるのだ。ふふふ、わらわはそういう人間の姿も愛いと思うが」

――駄目だ。

会話ができたところで根本的なところが人間とはまるで違う。

当然だが、この、少女に模《も》した妖は人ではないのだ。

気まぐれどころか、あるべき心を持ち合わせていないのが少し会話を交わしただけで分かってしまう。

「して、花贄の娘よ。わらわたちは何故存在していると思う？」

無闇に会話をしないと決めたにもかかわらず、香夜は先程から口無しの妙なペースにのまれてしまっていた。

しかし、今のところ口無しからは危害を加えてやろうという邪念《じゃねん》が感じられなかった。

この妖はどうやら本当に香夜と会話がしたいだけのようだ。ここは自然に話を合わせるのが無難《ぶなん》だろうか。そう思い、香夜はゆっくりと口を開いた。

「……常夜への橋渡しをするため、でしょうか」

「そうだ。夜が明けぬ地、人ならざる者が住まう場所。そなたにとっては今対峙《たいじ》しているわらわも常夜と繋がる扉の一つだ」

「……人間界と常夜の間には、口無しさまを含め、三つの扉があると」

「ふふふ、いかにも。わらわは扉としてこの場所に繋がれた、生きることも死ぬこともできぬただの傀儡《かいらい》だ。だが、わらわには全てが見えておる」

何が言いたいのだろうかと香夜が首を傾げると、口無しはにやりとその目を歪《ゆが》ませる。

「……もっと、事の本質を見極めろ。全てを疑うのだ。花贄の娘よ。そなたの父が死んだ理由もそうだ」

「……っ！」

思いがけない口無しの言葉に、香夜は一瞬言葉を失った。

恐らく口無しは全てを知っている。香夜のことも、父のことも。

妖異《ようい》に弧を描く口無しの目を見つめているだけで、飲み込まれてしまいそうだった。

「それは……」

「父が何故、どのようにして死んだのか知りたいか？　ふふ、ふふふ、知らないことを知りたいという人間の知識欲は何よりも大きいのだ。わらわはそなたがこれからどのような運命をたどるかさえ見えておるぞよ。さぁ、そなたはそれが知りたいか？」

──知りたい、聞きたい、お父様は、私のせいで死んだ。私は、その最期を知らなくてはいけない。

哀切《あいせつ》の混じった欲望がじわりじわりと脳を蝕《むしば》んでいく。香夜は、父の最期を見ていない。だからこそ、どこかでまだ生きているのではないかと考えることがあった。

それでも、そう思うたびに、何かを思い出したくないと叫ぶように心が痛むのだ。

「敬愛していた父の死を実感するたび、絶望するだろう。花贄となり妖に捧げられるのは想像もできないほど恐ろしいであろう。どうだ？　過去を知り、已がたどる運命を知れば恐怖が和《やわ》らぐかもしれんぞ？」

「い……や……」

甘やかな毒が心にまとわりついてくるようだと思った。

そこで、香夜ははたと気が付いた。

口無しが望んでいるのは、香夜が知りたいと望むこと、それ自体なのではないかということに。

しかし、気が付いたところでもう遅かった。蛇のような狡猾《こうかつ》さで香夜の心を乱す口無しは、いつの間にか目の前まで近付いてきていた。

全てを飲み込んでしまいそうな口無しの瞳に、くらくらと視界が淀《よど》む。

それは例えるならばまるで、脳を、食べられているような感覚だった。

「では、一つ教えてやろう。そなたが捧げられる常夜頭……黒狼には、ある呪いがかかっている」

「……呪い？」

「月夜見《ツクヨミ》の呪いと呼ばれるものだ。黒狼は過去、大《だい》それた願いを月に乞うてしまった。代償は、あやつの命だ。茨《いばら》のような痣が全身に現れ、苦痛と共にやがて死に至る。呪いは、そなたの血を捧げることでしか解けぬ。だが逆に言えば、そなたの血を与えずにいれば常夜頭を殺せるのだ」

口無しの言葉に、思わず目を見開く。

──黒狼が、呪いに侵《おか》されている？

花贄の血は妖の魔力を高めるだけでなく、呪いや病を治す妙薬《みょうやく》にもなり得る。しかし、常夜頭が呪いにかかっているという話は今まで聞いたことがない。初めて聞いたその事実に、香夜は困惑した。

「ふふふ、逃げようとは思わぬか？　そなたが逃げ出せば、冷徹非道な常夜頭は呪いに侵され死ぬだろう。常夜頭にとって花贄は、代わりのきかない唯一無二のもの。黒狼さえ死ねば、そなたの役目は終わるのだ」

「逃げ……られるはずがありません。きっと、屋敷の人間は……お母様も含めて皆、殺されてしまいます。花贄を失った人の世も、妖に攻められていつかは滅んで……」

「自分をぞんざいに扱った母や、人の世のことなどどうだっていいのではないか？　何故そうも生き急ぐ。そなたは、自分のことだけ考えていればいいのだ。そうだ、花贄の役目に囚われているのならば死んだ父の白昼夢《はくちゅうむ》を見せてやろうか。全てを捨ててあの頃のように愛されたいだろう、暖かなあの日に、戻りたいだろう。ほら、素直になれ」

「……っ、やめて、ください！」

声を荒らげた香夜を見て、口無しは心底嬉しそうに目元を歪めた。

誰かに向かってこんな風に叫んだのは、初めてかもしれない。先程から心と脳が乖《かい》離してしまったかのように思い通りにいかないのである。

口にしたいと思っていないことでも、自分の意志とは関係なくこぼれてしまうのだ。

行燈《あんどん》から漏れ出した淡い光が口無しの白髪を照らす。光沢のある髪が艶めかしく光っていた。

「常夜は、恐ろしい場所だ。甘い血肉を持つ花贄にとってはなおのことだ。ふふふ、わらわはどちらでもいいぞよ。そなたが黒狼を見捨てて逃げる未来も、わらわにとっては一興だ。さあ、そなたはどちらを選ぶ」

「分か……りません」

自然と落とされた香夜の言葉に、口無しは何も答えない。

しかし、しばらく間をおいて口無しの目が再び弧を描く。

怖い、怖い。一時は優しく香夜に触れた識だって、いつ牙をむいて襲い掛かってくるか分からない。呪いに侵されているというなら、なおさら香夜を喰いたくて仕方がないはずなのだ。……逃げる、逃げる？　そんなこと、できるはずが無い——。

先程まで心に芽生えていた淡い希望はとうに消え、相反《あいはん》した絶望が香夜の脳内をぐちゃぐちゃにかき混ぜていく。

「花贄の娘よ、わらわは全て知っておるぞ」

「嫌、嫌、いや、いやだ……」

目の前にいるはずの口無しの表情が見えない。

座敷全体の景色がゆっくりとぼやけていき、周りの輪郭《りんかく》を失っていく。まるで悪い幻覚を見ているかのようだ。

不快な耳鳴りが止まらない。香夜の本能からくるものなのか、それは段々と大きくなってきていた。

「ふふふふ、ふふ、ふふ、わらわなら、完全にそなたを救ってやることもできるぞよ」

「うう、あぁ……」

口無しの声が香夜の耳元で甘く響き、思考を麻痺《まひ》させていく。

「ならば教えてやろう、本当のことを」

「本当の、こと？」

「花贄の娘、類《たぐい》まれなる血を持つ者よ。そなたは……」

「——俺の花贄に何をしている、口無し」

何もかもが口無しに飲み込まれてしまいそうだったその時、聞こえたのは、いつか聞いた声色。

ふわりと、桜の香りが鼻腔をくすぐり、煌びやかな蝶が香夜の頭上を舞う。

蝶を目で追いつつ涙で濡れた顔を上げると、前に立っていたのは、面を着け紫紺の羽織に身を包んだ妖——識だった。

「……っ！」

香夜が目を見開くと、ふ、と識の目線が下に落とされる。

力の抜けた腕を上げて立ち上がろうとするが、身体が動かない。すると識は面の下の顔を一瞬こわばらせて、低く宙をさまよう香夜の手のひらをつかんだ。

「……識」

初めてしっかりと呼んだはずのその名を口にしただけで、涙が溢れ出た。嗚咽《おえつ》のような、悲鳴のような声が香夜から出る。

「……一人にして悪かった」

苦しげにそう呟いた識は香夜の髪をそっと梳《す》き、そのまま優しく口づけた。まるで心から愛おしい人へ向けたような仕草に、香夜は小さくうろたえる。

「これはこれは……ふふ、ふふふ、もっと時間がかかると思っていたぞよ。息を切らして自身の花贄を追ってくるなど、黒狼らしくもない」

識がここへ来ることを予期していたのか、口無しが無邪気に笑った。

独特の笑い声が香夜の頭をしめつける。脈打ち起こる頭痛のせいで識の手を握り返す力も、もはや残されていない。

「……お前こそ、随分とご機嫌のようだな。お前がいると知っていたなら、花贄をここへは寄こさなかった。……扉としての役目を果たさずに何をしようとしていた、口無し」

「ふふ、そこにいる可哀そうな花贄の娘に本当のことを教えてあげようとしただけだ。わらわは、より面白き未来がこの目で見られればそれでよいのだからな」

向き合った識と口無し。

口無しは目を見開いて笑っていたが、識は香夜の身体をしっかりと支えながらもひやりとした殺気を漏らしていた。

「……どう、して……ここに？」

言葉を発するたび、頭の奥がきしんで痛かった。

香夜の問いを受けた識は、軽くため息をついて口を開く。

「お前が来るのがあまりにも遅いから、様子を見に来た。今この場にいる俺は、本体ではない。魔力を使った分身のようなものだ」

静かに話す識の言葉を聞き、先程まで乱れていた感情がすっと穏やかになっていくのが分かる。

「……花贄の娘、本当に何も知らずに行ってしまっていいのかえ？」

「……口無し、戯れはよせ。貴様と話している時間は無いのだ」

「ふふ、ふふふ、わらわは今そこの娘と話しておるのだ。のう〝古《いにしえ》の器を持つ〟ものよ」

口無しがそう言った瞬間、場の空気がゆらりと揺らいだ。識だ。黒々とした面を着けていても、揺らぐ魔力の香りでひどく怒っているのが分かる。

識の怒気が空気に混じり、肌がひりつくような感情の波を感じた。

識の殺気を受けても、口無しは変わらず涼《すず》しい顔で微笑むばかり。

口無しは今、古の器、と言った。

何のことを指しているのか分からず、香夜はただ目の前で繰り広げられる光景に困惑するしかない。

「戯れはよせと言ったはずだろう。消えゆく影そのものであるお前が、軽々しく口を開くな」

「ははははははは！　愉快、愉快だなぁ、黒狼よ！　よもや、そなたがここまで心をほだされようとは。ああ……花贄に裏切られ、無様に捨てられるそなたの姿も見てみたかったが……これはこれで面白い」

嬉しそうに笑い続ける口無しに対し、識の黒々しい瘴気が、座敷に広がっていく。

しかし、識はその瘴気を抑え込むようにして深く息を吐き出し香夜の方へ向き直った。

「……少しだけ手荒な移動になるが、許せ。扉から常夜へ入るのも、一つの儀式みたいなものだ。避けて通ることはできないが、俺が最後までついていくこともできない」

「えっ、あ……！」

識がそう言った瞬間、香夜の身体はふわりと宙に浮いていた。

識に抱えられたのだと気が付いた時にはもう、識は香夜を小脇に抱えたまま、口無しの胸ぐらを荒くつかみ上げていた。

急に高くなった目線に悲鳴を上げそうになったが、口を挟むことが許されない気迫を感じぐっと口元を押さえる。

「ほう……？　こじ開けて進むか、強情《ごうじょう》な男よのぅ」

「これ以上は時間の無駄だ」

「ふふ、ふふふ、はははははは。よい。それもよい。……呪われし孤独な常夜頭よ、面白いものを見せてもらった」

「……っ！」

識がつかみ上げた口無しの着物から、真っ白な光が溢れ出していく。

それは段々と黒い渦へと変わり、香夜の身体を包んだ。高らかに笑い続ける口無しの声が少しずつ、少しずつ小さくなる。

「ふふ、ふふふふふ、これから行く旅路《たびじ》は長く辛いものぞ。それでも逃げずに行くというならば止めはすまい。しかし、わらわはいつでも待っておるぞよ。いずれ来る〝再会〟の時を」

——その時が来るのを、永《なが》い時の中で待っている。

口無しは、少女の澄んだ声で最後にそう言った。

黒い渦に飲み込まれ、口無しの姿が、先程まで座っていた座敷が、全てが飲み込まれていく。

常夜への扉が開く。

頭の中で、口無しの笑い声がいつまでも続いているかのようだった。

三章　弄月の赤

常夜。

明けることの無い夜が永久に続く地。

人智《じんち》を超える奇怪な魔力を持つ異形の者、妖が統《す》べる世界。

その頂点に立ち、常夜頭と呼ばれる妖は見る者全てを惑わす美しさを持つという。

「ここ……は……」

目を開けると、視界を覆うほどの砂埃に包まれていた。

識の姿は無い。あの場にいた識は分身のようなものだと言っていたが、どこかへ消えてしまったのだろうか。

――またあの妖に、助けられてしまった。

識が来ていなかったら、香夜は確実に口無しの餌食《えじき》になっていただろう。甘い桜の香りがまだ身体に残っている気がして、香夜はたじろいだ。口づけをされた箇所がじんわりと熱い。いつもより早い自分の鼓動を誤魔化すように、首を振る。

辺りは深い霧がたちこめており、ところどころに揺れ動く青い光があった。

周囲の闇に目が慣れてくると、それがただの光ではないことが分かる。

漂っていたのは無数の狐火だった。鮮やかな光を放つ火の玉が揺らぎ、みるみるうちにその形を変えていく。

灯籠のように形を変えた狐火が並んで道をつくり、足元の地面をほんのり青白く浮かび上がらせていた。

身体の周りに立ち込めていた砂埃もいつの間にか無くなり、じっとりと黙した黒い闇があるだけだ。どこか遠くの方からお囃子《はやし》の音のようなものも聞こえるが、闇夜に包まれていて目視することはできない。

目の前にあるのは、ただ薄ぼやけ、瞬きと共に何度も形を変える灯籠の道だった。

「ここが、常夜……？」

香夜が思わずそう呟くと、灯籠の他に何もなかったはずの道に大きな牛車が現れた。

赤く燃える火をまとった牛の首は無い。首無し牛車は香夜の姿を見つけると、主人を迎え入れるかのように扉を開いた。

思わず叫び出してしまいそうになるのを、必死でこらえる。

「……乗れば、いいの？」

香夜の言葉に答えるように、首無し牛車の牛が鳴く。

首が無いにもかかわらず、鳴り響いた声は闘牛のような雄々《おお》しさが感じられた。そのまま勢いに任せて乗り込んだ牛車の中は、思いのほか居心地が良かった。

入った瞬間燃やされてしまうのではないかと身構えたが、牛の首が無く炎をまとっている以外は至って普通の牛車のようだ。

香夜が乗り込んだ瞬間、牛車は鈍い音を立てて動き始めた。

牛車が進み出して少し経つと、辺りの風景も段々と明瞭なものに変わる。

強く吹き付ける漆黒《しっこく》の風の中に見える光の粒。それは小さなものから大きなものまで、さまざま。

先程まで遠くの方から聞こえていたお囃子の音が近付いてくる。騒がしい音に耳を澄ましてみると、太鼓の音やざわざわとした人々の喧騒《けんそう》のようなものまで聞こえた。

「誰かいるのかしら……、……っ！」

あわや、窓から落ちそうになったところを牛車の揺れに救われる。

その瞬間、外に広がっていた光景に香夜は目を奪われた。明るく華めき、ごった返した城下町。しかし大通りに集っていたのは人間ではなかった。

首から上が蛇になっている女や、高々と赤く伸びた鼻を天に向けて空を仰ぐ大男。ぎょろりとした目玉が飛び出て、ひとりでに歩いている行燈。

絵巻でしか見たことのないような魑魅魍魎《ちみもうりょう》が、賑やかに通りを闊歩《かっぽ》しているのだ。

辺りは食べ物の良い匂いで満ちていた。肉が焼けたような香ばしい匂いが牛車の中まで入ってくる。

橙色のぼんぼりが宙に浮かび、路地にある出店を照らしている。おそらく匂いの出どころはこのずらりと並んだ出店なのだろう。

祭りでもやっているのだろうか、通りは大小さまざまの妖がひしめき合い、時折威《い》勢《せい》のいい掛け声が聞こえた。

次々に現れる、人智を超えた光景を前に、目線をどこへやっていいのか分からなかった。

百鬼夜行をもし間近で見ることができるならば、それはきっとこのように奇怪で、鮮やかで、心を奪われるような光景に違いない。

城下町に溢れ返る妖からはこちらの様子が見えていないのか、牛車は邪魔されることなくスムーズに進んだ。

その時、牛車が急に止まり、空気が一変する。

騒々しかった城下町もいつの間にか通り過ぎていたようだ。

香夜が辺りを窺《うかが》いながら外に出ると、面前《めんぜん》に広がっていたのは、目を見張るほどに大きな屋敷だった。

豪奢《ごうしゃ》な天守《てんしゅ》に、張り出た付櫓《つけやぐら》。乱積みされた石垣に支えられたその屋敷は、まるで敵の急襲にそなえた武士の城のようだ。

足を進めると漂ってきたのは、かぐわしい桜の香り。

黒い瘴気をまとった屋敷は、はたから見て分かるほどに異様な雰囲気に満ちていた。

——ここに、識がいる。

人の世を抜け、常夜で感じる、常夜頭の存在感というものはこんなにも大きいのかと香夜は息をのむ。

すると、ふと顔を向けた先に誰かが立っているのが見えた。

広大な大手門《おおてもん》に身を預けるようにして立っていたのは、一人の男だった。

少しクセのついた金髪に、軽く着崩した水色の着流し。切れ長の目は琥珀《こはく》色の光を放っている。重心を大きな門へと預けるその佇《たたず》まいが妙に様になっている眉目秀麗《びもくしゅうれい》の男が、にこやかに笑いながらひらひらと手を振っていた。

あれは誰だろうか。少なくとも、常夜頭、識でないことは見て分かる。

「よぉ来てくれはったなぁ、牛車の乗り心地はどやった？　でもちょっと遅かったんとちゃう？　僕ここで、あいつの代わりにずうっと待っとったんよ？」

訛《なま》りが目立つ言葉遣いで、男は頬を緩めてみせた。

背丈が高く、服の上からでも分かるほどの隆々《りゅうりゅう》とした体つきをしているにもかかわらず、どこか柔らかな印象である。少なくとも敵意は感じられない。

しかし、香る気配からして恐らく識と並ぶほどには力のある妖だろう。そう感じた香夜は、自然と後ずさりをしていた。

「ほぉ～感心やわ、うんうん、初対面の相手は警戒せんとあかんよなぁ。特に、妖相手には。僕は凪《なぎ》っていいます。一応烏天狗《からすてんぐ》っちゅう妖の頭やらせてもろてます。識とは幼馴染……いや、腐れ縁……？　まぁ、子供の頃からずっと一緒におる側近みたいなもんや」

常夜頭の側近を名乗った凪という男は、怯える香夜を見てにっこりと笑い、言葉を続けた。

「えーと、君は……香夜ちゃんやっけ？」

「私を知っているんですか……？」

「それはもちろん、大事な我らが常夜頭の花贄になってくれる姫さんやもん、ちゃあんと知っとるよ。姫さん、可愛らしいなぁ。残念、識のもんやなかったら僕のもんにしたいとこやわ」

言い方からして、随分識と親しい妖のようだ。屈託《くったく》の無い笑みでふわりと笑いかけられ、香夜はつい、力が抜けてしまう。

「んー、姫さん、なんか独特な雰囲気やね、……ええ匂いやわぁ。鼻が悪い僕でも、はっきり分かる。さすが花贄の姫さんやね」

そう言って笑みを深めた凪が、鼻をひくつかせて香夜に近付く。

「識……常夜頭は、ここにはいないのでしょうか」

「あぁ、いや、識の屋敷ならここで合うとるよ。僕の後ろにそびえとるこのでっかい屋敷がそれや」

ほら、と言って、門へ手を掲げてみせる凪。

「ほんとはわざわざ出てくる気なかったんやけど……ちょっと姫さんにつけられとる痕が気になってなぁ」

「痕……？」

「ふぅん、そうか、気付いてないんやね」

凪はそう言って笑みを深めると、琥珀色の瞳をぎらりと輝かせた。

その瞬間、穏やかに吹いていた風がざわめき始め、砂塵《さじん》を巻き上げながら竜巻のように渦巻いていく。

「姫さんの周り、綺麗で目障りな蝶々が舞っとるで？　邪魔やし、消してあげよか」

それは、言葉を失うほどの魔力量だった。沈丁花《じんちょうげ》のような甘い香りが香夜の鼻を刺激する。

凪がゆらりと指先を動かすだけで、身体を動かすことすらかなわないほどに張り詰めた気が、彼の前に集まっていく。

識と対峙した時にも感じた妖しい香り。しかしそれとはまた種類が違う。

何が柔らかな印象だ。少しでもそう思った自分が恥ずかしくなるほどに、鋭く研ぎ澄まされた殺気だった。

――逃げろ。逃げなくては殺されるかもしれない。

頭の中で鳴り続けている警鐘に、香夜は帯に隠した刀の鞘に手をかけながら口を開く。

「ほん、とに、何のことだか……！」

声が揺れる。逃げ出したいのに、足がもつれてうまく動けない。

するとその時、香夜の目の前にひらひらと光り輝く蝶が姿を現した。

これは、識が姿を見せた時に必ず現れた不思議な蝶だ。

香夜が思わず目を奪われていると、凪の柔らかい声が上から落とされる。

「ほら、やっぱり識の蝶や。はは、番犬代わりに姫さんをつけてきたんやなぁ。それとも監視か？　嫉妬《しっと》深い男は嫌われるって知らんみたいや」

「この蝶……前にも何回か見た……」

「そりゃそうやろなぁ。これは識の式神《しきがみ》みたいなもんや。少し発現させただけで膨大な魔力を使うはずなんやけど、それを自分の花贄につけるって……ちょっと考えられんわ」

呆れたような声を出す凪。

香夜は呆然として、ゆっくりと上下に羽ばたく蝶をただ見つめた。

相手は妖で、およそ常識が通じる相手ではない。深い理由など無いのかもしれない。

それでも、やはり安桜の屋敷で、口無しの間で、識が香夜の前に現れたのは偶然では無かったのだ。

「どうして私にこんなものを……?」

「あはは、そりゃ一つしか無いやろ、他のもんに手出しされたくないからや。僕にもな。面白いしちょっかいかけたろーと思ったけど、無理みたいやもん。姫さんに近付いただけで手、痺《しび》れてきたし」

凪がそう言った瞬間、張り詰めていた殺気が消える。

そして、そのまま凪は自身の身体で塞いでいた門の前を空けた。

通れ、ということなのだろう。

「……寵愛《ちょうあい》の花贄か。これもなんかの因果なんやろなぁ」

おずおずと香夜が歩き出すと、柔らかな凪の声が耳に届く。言葉の意味は理解できなかったが、凪が複雑な表情で自分を見ていることは分かった。

――まるで、私を哀れんでいるような顔だわ。

凪とすれ違う瞬間、氷のように冷たい風が香夜の肌を刺す。

香夜は勝手に震え出す自分の身体を押さえつけ、大手門に体重をかけた。

大きな門は、思いのほか簡単に開くことができた。古い木材がきしむ音が鈍く響き渡り、空気を揺らす。

花贄である自分を殺さずに、守った識。混乱する頭で何度考えても、その真意が分からなかった。

「……黒狼の屋敷は厄介やで。気いつけてな」

そう言って穏やかに微笑みこちらを見る凪をもう一度強く目に焼き付け、香夜は門の中へと足を踏み入れた。


常夜頭の屋敷の中は、ほんのりと暖かな空気に満ちていた。

常夜に入った瞬間に感じた闇に包まれる感覚とも、城下町の賑わいとも違う。

日の光はどこにも見当たらない夜闇の中、例えるならば陽だまりにいるかのような感覚だった。

何も分からないまま門を開いて来てしまったが、どちらに進めばいいのだろうか。

するとどこからともなく漂ってきた蝶の鱗粉が、香夜の面前で煌めいた。

そのまま淡い光を放ち、ゆっくりと進み出した蝶。香夜が足を止めると、蝶も動きを止める。

――ついてこい、ということかしら。

試しに、光に向かって歩みを進めてみると、蝶はゆらゆらと上下しながら石畳の道を進んだ。

無機質な石灯籠が列をなし、辺りには絵画《かいが》のように美しい庭園が広がっていた。ぐにゃりと曲がった松の木は今にも動き出しそうだ。

数時間前までいた人の世と同じ、青臭くて湿った春の風の匂いがした。

横に見える黒狼の屋敷にはずらりと障子が並び、その一つ一つにほんのりと橙色の光が灯っている。雅《みやび》な三味線《しゃみせん》の音が、障子の奥から聞こえた。

何故か、足を進めるたびに鼓動がどくどくと駆り立っていく気がした。

長く続く石畳を進むと、蝶は急にその動きを止め、溶けるようにして空気に消えた。

横には、屋敷の縁側と少し開いた障子。どういうわけかその座敷のみ、灯りが灯っていない。

香夜はそのまま誘われるようにして下駄《げた》を脱ぎ、開いた障子から座敷に上がり込んだ。

中は十畳ほどで、外に漏れないほど小さな常夜灯《じょうやとう》が一つ点いているだけだった。

座敷に入ってすぐ、背筋を冷たいものが流れ落ちるような感覚に襲われる。

刹那《せつな》、漂ってきたのは鼻腔を刺す、強い桜の香り——。

「……あ……っ！」

短い自分の叫び声が、まるで他人事のように響いた。

衝撃と共に、視界を遮ったのは飲み込まれてしまいそうな深紅の瞳。

屋敷内に充満する香りには気が付いていた。それなのに、こんなに近くに来るまで分からないなんて。

「……待ちくたびれたぞ」

香夜は、耳元で囁かれた低い声に身を震わせた。

身体は気が付くと壁に押さえつけられていた。交差した手が一つにまとめられ、大きな手のひらでつかまれている。

目の前にいたのは、目を奪われるほどに美麗な顔立ちをした男だった。

陶器のような肌に切れ長の目、スッと通った高い鼻梁《びりょう》。絹糸のように揺らぐ漆黒の髪。

そして、脳に直接香ってくるかのごとく甘い桜の香り。

腕を無遠慮につかみ上げるこの男が誰なのか、面を着けていなくても分かった。

「……黒狼」

香夜がそう一言呟くと、男は口角を少し上げ薄く笑った。

「識だ」

烏天狗の凪も言っていた、識という名前。この男が再三香夜の前に現れた妖で、常夜を統べる常夜頭なのだ。

呼吸すらままならない。身体ごと吸い込まれるような感覚がした。

識を前に、香夜の身体が見せる反応は毎回同じだった。どういうわけか、彼から目から目を離すことができないのだ。

叫び出したくなるほどに心臓の音がうるさく鳴り響き、細胞の全てが目の前の美しい妖い妖に惹かれているのが分かる。

何も言えないまま立ちすくむ香夜を見た識は、整った眉をひそめて口を開いた。

「どうした、先程のように名を呼んでみろ」

「え……？」

「口無しの間で、俺の名を呼んだだろう」

「っ、ちょ……！」

止めるより先に、識の大きな身体が香夜の全身を包み込んでいた。

そのまま強く抱きすくめられ、識の熱い吐息が耳元へとかかる。香夜は自分の口からこぼれた小さな悲鳴をのみ込み、目を瞬いた。

識の胸板が狼狽したまま固まった香夜を包み込む。着物の隙間から見えたのは、赤い華の――紋印。

「……香夜」

切なく、この上なく愛おしい人に向けられたかのような掠れ声。初めて呼ばれた自身の名に、香夜はハッと目を見開いた。

強くなっていく識の抱擁《ほうよう》から逃れようと腕の中でもがくが、美しい妖はそれを許してはくれない。

「……っ、い、や！」

それでもなんとか顔を出し、やっとのことで声を出す。

すると識の腕が緩み、ピタリと動きが止まった。

腕が少し離れた隙をついて身体を引きはがすと、識は傷付いたような目をして香夜を見つめていた。まるで主人に拒絶された犬のように揺れる識の瞳。

再び心臓が脈打ち、どういうわけか香夜の心の中にじわりと哀切感が広がっていく。

――何故、そんな顔で私を見るの？

識は戸惑う香夜の顔をじっと見つめたまま、身体を引き寄せ直した。

どうやったら離してくれるのだろうかと顔を上げれば、赤く濡れた瞳と目線が合う。

「……お前がいくら拒絶しようと、もう離してやることはできない」

識はそう言って、香夜の手をつかみ上げる力を強める。

「……いっ……た……」

「……優しくしてやろうと思ったが、気が変わった」

美しすぎるものは、かえって恐ろしく感じるとどこかで聞いたことがある。しかしいざ目の前にしてみるとそんなことを考えている余裕など無いことが分かった。識の笑みに優しさや情などが存在する余地は無い。つい数分前に香夜の名を呼んだ切ない声色とはまるで別人のような識の姿にぞくりと肌が粟立《あわだ》つ。

ふわりとまた桜の香りがした。

ふと、識がまとっている紫紺の羽織の下、身体に浮き出た痣みたいなものが目に留まる。それは、常夜頭の赤い印を囲うようにして螺旋《らせん》を描いていた。その痣が一瞬だけ動いたように見えて、香夜は我に返る。

「……月夜見の、呪い？」

気が付くと香夜は、口無しの間で聞いた言葉を口にしていた。痣からは、黒々とした瘴気がにじみ出ていた。香夜には見分けがつかなかったが、きっとこれは呪詛《じゅそ》と呼ばれるものだろう。

──茨のような、呪いの痣……口無しさまが言っていたことは事実だったのかしら。

「どこで、その言葉を聞いた」

うっすらと怒気が混じった識の言葉を聞き、香夜は再び口を開く。

「……この痣、痛みますか？　……苦しい、ですか？」

香夜がそう問うと、見つめた先の識の表情が僅かに変わった。

「……何故そんなことを聞く」

「……あなたの瞳が、苦しそうに揺れているように見えたんです」

先程から時折、識の表情が苦しげに歪んでいることに香夜は気が付いていた。もし、それが呪いの苦痛によるものなら――。

「……私に、何かできることはありますか？　血を飲めば呪いが和らぐのなら、できるだけ痛くない方法で……」

「……何を言っている」

識が、ひどく苛立《いらだ》ったように香夜を見下ろす。

「俺にお前の血を奪えと、そう言っているのか？　自ら命を捧げると？」

「……いえ、でも、何故そうしないのだろうと……ずっと不思議に思っていました。あなたは私をいつでも殺せたはずなのに」

口無しの言っていたことが本当なら、識の呪いは香夜の血でしか癒《いや》せない。それなのに、識からは香夜の血を奪ってやろうという意志が感じられなかった。

「あなたは、花贄である私を何度も助けてくれました。……だから、私にできることがあるなら、したいのです」

妖にこんなことを言うのはおかしいと香夜自身も感じていたが、苦しそうに瞳を揺らす識を救ってあげたいと素直に思ったのだ。

――私の血で、殺すことも、生かすこともできるのなら……私は……。

禍々しい気配を放つ識を恐ろしいと思う感情はまだ残っていた。そのせいか、香夜の身体は未だ小刻みに震え続けている。それでも、自分にできることがあるなら、目の前の妖を助けたいと、そう思った。恐怖から来る献身《けんしん》でも、義務感でもない。識を無条件に信じたいと思う気持ちの表れだった。

身をゆだねるつもりで力を抜くと、識の手が香夜の顎《あご》を乱暴に引き上げ、身体がぐっと近付けられた。

「こんなに震えておいて、よくそんなことが言えたものだ」

行き場の無い怒りをぶつけるように、識が言葉を落とす。媚薬のような香りが鼻孔に揺らいだ。脳が茹だっていくようだ。

「……お前がそう言うのなら、望み通り血を奪ってやる。思い切りひどくして、二度とこんな真似《まね》できないようにな」

識の冷たい指先が香夜の唇に触れる。識が先程よりも傷付いた顔をしていることに気が付き、香夜は何度目かの何故、を飲み込んだ。

――何か、間違ったことをしてしまったのかしら……。

図々しく、妖を助けたいなどと思ってしまったことがそもそもの間違いだったのかもしれない。思わず唇を噛み締めたことで血が出た箇所を強く押しつけられ、傷口が開いていく。

悲鳴を上げて目を閉じてしまいたいのに、そうすることができない。

「……それとも、我を忘れてしまうくらい快くしてやろうか。どちらがいい？　選ばせてやる」

非情にそう告げた識の背後、常夜の空に浮かぶのは、落ちてきそうなほどに大きな赤い月。

――そうだ、今日は満月だった。

その赤は、このおぞましいほどに美しい黒狼が持つ瞳と――常夜頭の紋印と同じ色だった。

「……っ、あ」

「そのまま俺を見ていろ。香夜」

血がにじんだ香夜の唇を弄ぶように触れながら、識は甘い声で呟く。

痛みによる生理的な涙が香夜の頬を流れた。

息がかかるほどに近付いた識の表情は、冷ややかな感情に満ちたまま。しかしその口元は弧を描いていた。

「お前の全てを、俺が奪ってやる」

そう言って、識は乱暴に唇を合わせた。鉄のような血の味が口腔《こうこう》内に広がる。

「……や、ぁ……！」

叫び声を上げることすらできず、漏れ出るのは小さな吐息《といき》だけ。

全てを喰らいつくされてしまいそうな口づけの中、月だけがこちらを覗《のぞ》き見ていた。――見ないで、と香夜は心の中で呟く。見られてはいけないところを見られているような恥ずかしさと背徳感で、どうにかなってしまいそうだった。

「……っ、は、ぁ」

何度も何度も角度を変えて繰り返される識の口づけに意識が朦朧《もうろう》とする。呼吸すらまともにさせてもらえず喘ぐが、強く腰を抱きすくめられており動くことができない。

識の冷たい舌が唇からにじみ出た香夜の血を舐め上げる。快感を伴う痛みに香夜が顔を歪ませると、識は笑みを深めた。

「……こうやってじっくりと弄《もてあそ》ぶのも悪くない」

口元についた血を拭《ぬぐ》いながらそう言う識は、身震いしてしまいそうな色気を放って香夜を見下ろした。愛おしげに、どこか苦しそうに香夜を見る識の声が、表情が、かすんでぼやけていく。

――ああ、もっと、聞きたいことがたくさんあったはずなのに。

「香夜……俺の花贄。お前が何も考えられなくなるまで、戯れに愛してやる」

冷酷な妖がそう言って笑うのを聞いて、心が締め付けられるように甘く痛む。流れた涙が落ちる前、香夜はゆっくりと意識を手放した。

「……、っ」

香夜が目を覚ますと、そこは見知らぬ座敷の中だった。

気を失っている間にうなされていたのか、寝汗がじっとりと襦袢《じゅばん》に貼り付いている。

中央に敷かれた布団以外は何もなく、枕元にある常夜灯がほんのりと畳を照らしていた。

身体が鉛のように重い。這って布団を抜け出した香夜はそのまま手を伸ばし、障子を開ける。

隙間から見えた夜空には昨日と同じ、大きな赤い月が昇っていた。

あれからどのくらい眠っていたのだろうか。

頭の奥がズキリと痛む。夢ではなかった。全て現実に起きたことだった。

座敷に差し込む月明かりが香夜の手元を淡く照らす。深呼吸をして脈を整えてもなお、手のひらが小刻みに震えていた。

美しく恐ろしい妖が口づけた場所が未だに熱を持ち、それが夢ではなかったことを嫌でも思い知らされる。

——自分から、身をゆだねてしまうなんて。

妖を信じた上に救いたいと思うなんて、自分はおかしくなってしまったのだろうか。

昨日の触れ合いを思い出し、香夜は自身の心に芽生えた小さな機微に戸惑った。識に触れられると身体が熱くなり、何も考えられなくなってしまうのだ。それに、あんなにも切ない声で名前を呼ばれ、口づけをされるなど、初めてのことで――。

顔から蒸気が出てしまいそうなほど混乱し、香夜は思わず枕に顔をうずめた。

しばらく経ってからハッとして辺りを見渡すが、香夜の身体を捕らえて離さなかった識の姿はどこにも見当たらなかった。

甘い毒のような言葉を放ちながら、香夜に口づけた冷酷な妖。愛おしげに香夜を見た眼差し。彼との時間は、柔らかな刃のようだった。

障子の隙間から流れ込んだ夜の空気が香夜の髪を揺らす。頭が、ぐちゃぐちゃになりそうだ。

今はとにかく余計なことを考える前に、屋敷の中を見て回ってみよう。鈍く痛む四《し》肢《し》をかばうようにして、香夜はゆっくりと立ち上がった。

外には、赤い狐火がいくつか漂っていた。

安桜の屋敷と比べても一回りほど広い縁側は、埃一つ見当たらないくらいに磨かれている。

「――あっ！　こんなところにいた！」

「……!?」

突然背後から聞こえてきた声に、香夜は思わず飛び上がった。

――が、振り返ってもそこに姿は見当たらない。

「もー、あんまり勝手に動き回らないでくれよ！　怒られるのはあんたじゃなくてオイラなんだからな！」

姿が見えたのは、香夜が膝下くらいまで頭を下げてからだった。

愛らしい表情を浮かべ、仁王立ちで立っていたのは――。

「ね、猫……？」

タヌキというには小柄で猫というには少し大きめの、ふわふわした生き物だった。

薄茶色の毛並みを膨らませ、ふんぞり返っている猫型の生き物を前に、香夜は言葉を失ってしまう。

「え、嘘だろ今オイラのこと猫って言った？」

「わっ、またタヌ……猫が喋った……！」

「おい、誰が猫やタヌキだって？　見ろよこの立派にわかれた尻尾を！　どこからどう見たって正真正銘泣く子も黙る猫又だろ！」

そう言って素早く後ろを振り向いた猫型の生き物は、ひょいひょい、と自身のお尻を指さした。

よく見ると長く伸びた尻尾が二つにわかれている。

「猫又、じゃあ猫の妖なんですか……？」

「だぁーから！　猫じゃないって！　オイラは中級妖のセンリだ！」

「センリ？」

「そうだよ、あんた、花贄なのに昨日黒狼さまに殺されなかったんだってな！　すげえじゃん！」

花贄なのに、殺されなかった。無邪気な顔でそう言ったセンリに、香夜は少し驚いた。やはり昨日識がとった行動は、常夜においても異例だったということなのだろう。

「なんかいい匂いもするし……特別にオイラのこと名前で呼ぶ権利を与えてやってもいいぜ！」

頬を大きく膨らませて怒って見せたかと思えば、顎を目一杯上げて香夜を見つめるセンリ。猫又といっても猫が少し大きくなっただけのようにも見えるセンリからは妖特有の気配を感じない。

あるのは、もふもふとした毛並みだけだ。

「そうだ、オイラ凪さまの命であんたを迎えに来たんだ！」

センリが発した、凪、という言葉にドキリとした。

「……センリは、凪って妖のことを知っているんですか？」

「当たり前だろ！　オイラは凪さまに使役《しえき》されてる中級の妖だ！　みんな歴代最強の魔力量を誇る凪さまと黒狼さまの下で働けて誇りに思ってるんだぞ」

そう言ったセンリは胸を膨らませて誇らしげな顔をした。

香夜の着物を引っ張り、「こっち」と案内を始めるセンリ。

歩みを進めるたびにキュッキュと高い音を鳴らすセンリの足音に、香夜は思わず頬を緩める。

「もし低級の妖が襲ってきても、オイラがやっつけてやるからな！」

そう言葉を弾ませ、小走りで進むセンリに胸の奥がほのかに温まる。

常夜に来てから、こんなに柔らかな感情になったのは初めてかもしれない。

「……ふふ、優しいんですね」

「おう、オイラは良い妖だからな！　いつか凪さまや黒狼さまに認められるような大妖怪になるんだ！　でもな、オイラ黒狼さまをこの目で見たことはないんだよ。いつか見てみたいなぁ、すっげえ綺麗な顔してるんだってな！」

目を輝かせながらセンリがそう言った瞬間、廊下横の襖がスッと音を立てて開いた。

と、同時にセンリが素早く反応し、全身の毛を逆立てて低く唸る。しかし、その威《い》嚇《かく》も襖の向こうに立っていた人物を見て、しまった、という表情に変わった。

「――あ、おったおった。もうめっちゃ捜したわぁ、どんだけ待っとってもセンリが帰ってこんから」

「……！」

柔らかく間延びした声色に、香夜は思わずビクリと肩を震わせた。

「昨日ぶりやねぇ。はは、ピンピンしとるようで何よりやわぁ」

開いた襖に寄りかかり、余裕の笑みを湛《たた》えて、香夜とセンリを見下ろしていたのは関西訛りの妖、烏天狗の凪だった。門の前で会った時とは違い、凪は中国の民族衣装である黒い漢服《かんふく》を身にまとっている。

「……烏天狗」

反射的に凪から距離をとる香夜。凪はそんな香夜の姿を見て少し目を見開くと、おかしそうに吹き出した。

「そんな警戒せんくても取って食べたりせぇへんよ。ほら、な？　安心して」

両手を上げ、ほら、と促す凪。

信用できるはずがない。最初は優しそうな人だと、そう思った。しかしあの時は確実に殺気を放って香夜を襲おうとしていた。

深い闇の中、凪が繰り出そうとした鋭い風の刃を思い出し、ぞくりとする。

「凪さま！」

「おぉ、センリ。お利口さんにしとったみたいやねぇ。姫さん見つけたら、すぐ僕のとこ連れてきてって言ったはずやけど」

「……そ、それは」

「あ、あの……っ！」

勢いをつけたせいで少し声が裏返ってしまった。センリと凪の視線が一斉に集まり、香夜は文字通り小さくなる。

「……センリに、ここまで連れてきてもらったんです。しっかり、案内してくれたのであまり責めないで……ください」

香夜はそう言って顔を青くさせるセンリの前に立ち、凪を見た。すっかり怯えているセンリを放っておくことはできなかった。

「そうなんや、姫さんがそう言うなら許したるわ。お疲れさんやったね、センリ」

やけにあっさりと引き下がった凪に拍子抜けする香夜。てっきり何か危害を加えられると思っていたのだ。

するとそんな香夜の思考を読み取ったのか、凪はふわりと眉を下げ少し困ったように微笑んだ。こちらを見つめ、柔らかく笑った凪に香夜は言葉を詰まらせてしまう。

「まぁ、立ち話もなんやから中に入り。あと警戒する気持ちも痛いほど分かるけど、僕は姫さんに対して敵意は無いから安心してええで」

「……でも、屋敷の前で会った時は楽しんで攻撃を仕掛けているように見えました」

「あー、それは識をちょっとからかうつもりで……いや、僕かて妖やからしゃあないわ。血に飢え、血で血を洗うのが妖やもん。ねぇ、センリ？」

「そ、そうだぞ、オイラは何があったのか分かんないけど……とにかく、あんたも五体満足で生きてるしさ！」

妖だからしょうがない、で済ませてはいけない気がするが、促されるがまま座敷に入り、敷かれた座布団の上に座った香夜。

目の前では皿の手がセンリを優しく撫でている。すると、嬉しそうに目を細めたセンリの喉がゴロゴロと大きく鳴った。

「ま、あの時姫さんに手出ししとったら僕もここにおらんやろうけど。普通に識に殺されるやろし」

そう言ってわざとらしく身震いしてみせた皿は、横に置いてあった小さな紙切れを手に取った。

触れたらもろく崩れてしまいそうなほどに年季《ねんき》がかっている紙切れを持ち上げ、皿は何やら意味ありげにゆっくりと振ってみせる。

「……敵意が無いのはほんまやで？　けどな、屋敷の門前で姫さんが落とした〝これ〟見つけた時はさすがにびっくりしたわ」

「私が……落とした？」

「姫さん、これが何か分かる？」

そう言って皿が指さした紙切れを見てみるが、見覚えの無い呪文が並んでいるだけだった。見ようによってはまじないのようにも見えるが、何となく嫌な感じがする文字列だ。

「見たことがないです」と言いつつ香夜が横に頭を振ると、凪は大きなため息をつく。

「……そうか。これはな、空亡《そらなき》っちゅう奴らのもんや。呪詛が書かれた本の切れ端やな。空亡は今、常夜頭の勢力と交戦状態で……いわば敵勢力やさかい、姫さんがこれ落とした時は身構えたわ」

「そら……なき？　敵勢力？」

「ああ、元々黒狼の下についとった妖たちが勢力争いの時に分裂して、徒党《ととう》を組んだもんが空亡や。常夜も色々勢力図が面倒でなぁ。今は識……いや、黒狼派と空亡派で常夜が真っ二つに割れてもうとる状態や」

「……その敵勢力の持ち物が……私から出てきたということですか？」

全く身に覚えの無い紙切れと睨み合い、香夜は首をひねる。

あんま無闇に触れたり見たりせん方がええで、と言う凪の制止をよそに、香夜は自身が落としたという紙切れをまじまじと見つめ直した。

しかし、何度読み返してみても、そこには解読できない呪詛が並んでいるだけだった。

「……暗号か？　オイラにも読めねえぞ……」

「……センリ、ちょっとどいてみ」

紙切れを覗き込んでいたセンリを片手で制し、含みを持った笑みを浮かべた凪。

「見とってな」

そう言って、文字が書かれた頁《ページ》に凪が手をかざす。

すると不思議なことに一つ一つの単語が紙から抜け出て、光を放ちながら宙に浮かび上がった。

空中を舞った文字の羅列が、香夜たちの上へと揺らぎ、移動する。

「すごい、文字が空中に……！」

ほう、と浮かび上がった文字に見とれていた香夜は、ふとかすかな腐敗臭を感じて眉をひそめた。すると、じっとこちらを見ていた凪が口を開く。

「……ここに書いてある呪詛は、姫さんを狙ったもんや。姫さんの心を奪って、操ろうとしたんやろな」

心を奪って操ろうとした、という言葉に小さな声が出た。心と身体が乖離してしまったかのように思考が揺らいだ、口無しの間での出来事が思い起こされる。

——もしかして、あの時……？

驚いた香夜が、空中に浮かんだ文字列をもう一度見返すと、視線の先で凪が口を開く。

「空亡の頭領……九尾の狐は、先代常夜頭の時も、花贄を狙って奇襲かけてきたことがあったんや。……でもこれで確信したわ。空亡が花贄に執着《しゅうちゃく》しとることがな」

「九尾の狐……」

聞いたことがある。かつて傾国傾城《けいこくけいせい》の悪妖とも呼ばれ、何百年にもわたり人々を苦しめた妖がいたと。

その妖は、人々が望んだ通りの姿に変化することができた。子に恵まれなかった夫婦の前では玉のような赤子に、そして時には人を惑わすような傾国の美女に。

性質は極めて残虐《ざんぎゃく》にして無慈悲《むじひ》。人を喰らい、苦しめることを何よりの喜びとした妖は九つの尾を持った狐であったという。

そんな妖が、自分を狙って呪いをかけようとしたかもしれない。その恐ろしい事実を知り、愕然とした。

すると、凪の切れ長の目が香夜を正面から捉える。

「今回は未遂に終わったみたいけど……今後同じようなことがあった時のために、姫さんに守護のまじないをかけた方がええと思う。常夜に来とる時点で、姫さんの親御さんが持つ加護も切れとるはずやからな。呪詛とかまじない系に詳しい奴が城下におるんや。明日、僕が連れてっちゃる」

「……あ、ありがとうございます」

優しく微笑む凪に思わず頭を下げたところでハッとする。呪詛という言葉で、識の身体に浮かぶ痣を思い出したのだ。

「あの……黒狼の、識にかかっているという月夜見の呪いを解く方法も、何かあったりするのでしょうか」

香夜がためらいがちにそう問うと、凪は少し驚いた顔をした。

「へぇ……あいつ、姫さんに呪いのこと言うたんや」

「あっ、いいえ、直接聞いたわけではなく、人づてに聞いたんです。それでも昨日、識の身体に痣が見えて……」

「そうか。でも月夜見の呪いの解き方は、ほとんど見つかっとらん。そもそも呪いというより契約に近いもんやからな、あれは」

「契約？」

頷いた凪が立ち上がり、文机の上に置いてあった硝子《がらす》玉を手に取って戻ってくる。

「夜が明けん常夜では、月の力がやたらと作用する。月夜見の宝玉もその一つや。ちょうど、これくらいの大きさの……常夜に昔から伝わる神器《じんぎ》のことなんやけど」

「あっ！　それならオイラも知ってるぞ！　願いを叶える代わりに、何かすっごい大きな代償を払わないといけないんだよな」

凪から硝子玉を受け取り、肉球で転がしながらセンリが言う。センリが転がす硝子玉が常夜灯の光を拾い、色とりどりの灯りが畳に反射していた。

「ああ。月夜見の宝玉がどこにあるんかは誰にも分からんのや。伝承では、宝玉はそれを使うにふさわしい者の元に現れるとか、そもそもそんな宝玉、存在せんとか言われとるんやけど……」

表情を曇らせた凪が、硝子玉を手に取る。遊び道具を奪われたセンリから、小さな嘆息《たんそく》が漏れた。

口無しは確か、識が過去『大それた願いを月に乞うてしまった』のだと言っていた。

識は、一体何を願って呪いを受けてしまったのだろうか。代償として命を蝕まれるほどの願いを、香夜は想像することすらできなかった。

「……識がその宝玉を使ったことを知ったんは、ほんの最近のことや。月夜見の呪いが痣になって広がっとるのも、僕以外数人しか知らん。ただ、どんな願いを叶えて呪いを受けたんかも、いつ使ったものなんかも、何一つ教えてくれんけどな、あいつは」

――じゃあ、本当にあの痣は……呪いによるものだったのね。

凪が言葉尻を揺らすのを見て、香夜はそう確信する。このまま放っておけばいずれ識は、呪いによって命を落としてしまうのだろう。

深くため息をついた凪に、香夜は静かに向き直った。

「……人の世と常夜を繋ぐ扉となる妖が言っていました。月夜見の呪いを解くには、花贄の血を捧げるしかないと」

口無しは、血を捧げるとしか言わなかったが、きっと昨日のように血を少量与えた程度では足りないのだろう。

「……命を救うには、血をどれくらい捧げればいいのでしょうか」

香夜がそう言うと、少しの間沈黙が流れ、拍子抜けしたように凪が笑う。

「ははっ、大丈夫や。姫さんはなんも心配せんでええよ。昨日、識が姫さんを生かしたってことは花贄として喰う気も呪いを解くために殺す気も無いってことや。やから、そんな自己犠牲的な考えは今すぐ捨てて。姫さんは、死なんでもいいんやから」

──死ななくてもいい。花贄として生まれ、いつもどこか漠然《ばくぜん》と生を諦めていた香夜にとっては現実味のない言葉だった。

──でも、それだと識の呪いが解けない……。

こうやってじっくりと弄ぶのも悪くない。香夜の唇からにじみ出た血を舐め、識は昨日そう言った。それでも常夜に浮かび続ける月と同じ、深紅の双眼を持つ彼は、いつも香夜に優しく触れた。

香夜は凪の言葉を聞いて改めて、自分を殺さなかった識の意志を感じた。呪いに侵されてもなお花贄を喰らわない理由が、識にはあるのだ。胸の奥底が、小さく疼《うず》くのが分かった。

「……はは、納得いかんって顔やなぁ。普通、捧げられた妖の命まで心配できる？　それともなんや、昨日の今日でもう識に惚《ほ》れてもうたとか？」

興味深そうに微笑みながら香夜を見上げる凪をポカンと見つめ、言われたことを頭の中で反芻《はんすう》する。

——惚れた？　誰が、誰に……？

言葉の意味を噛み砕き、一気に顔が熱くなっていく。

「ちが……！　ただ、あの人は暗い屋敷の中に一人でいた私を救ってくれて、もう大丈夫だと言ってくれたんです。だから、私も彼を助けたくて……。花贄の私がそんなことを思うのはおかしいと、自分でも分かっているんですけど……」

香夜にとって、識から貰った言葉や温もりは心を照らす灯りのように作用していた。最初は、何故自分の心が動いたのかが分からなかった。しかし、時間が経つにつれて気が付いた。彼の言葉はどれも、香夜が一番欲していたものばかりだったということに。

「もう大丈夫だ……？　それ、ほんまに識か？　あいつ、前に屋敷で会うた時は開口一番に殺すって言ってきたような奴やで？」

ずっと黙って聞いていた凪が、信じられないとでも言うかのように顔をしかめて言う。

「識が姫さんに自分の蝶をくっつけとるのも信じられんかったけど……そうか、常夜頭と花贄は互いに惹かれ合うって言い伝えもあながち間違いじゃなかったってことか……」

常夜頭と花贄は互いに惹かれ合い、常夜頭に浮かぶ紋印がたった一人の花贄を選び取る。これは、昔から言い伝えられていることだ。ふと、香夜は識の胸にあった赤い華の印を思い出した。見ているだけで不思議な感覚になった印に触れた瞬間身体が熱を持ち、全身の血液が沸騰《ふっとう》するように熱くなったのを覚えている。

「……ま、ややこしいことごちゃごちゃ考えんでも、こうして姫さんが生きとることが何よりの証拠や。はは、陰気で殺気立った幼馴染の成長を祝して乾杯でもするか。本人不在やけど」

言われていることの意味が分からず首をひねる香夜に笑みを投げかけ、凪はスッと指先を宙にかざした。

すると何もなかったはずのところに、ポンと音を立てて小さな湯呑《ゆのみ》が現れる。お茶でも入っているのだろうか、湯気が立つ湯呑を両手に持ち、ふーふーと息を吹きかける凪。

香夜がその一連の動きを目を丸くさせて見ていると、視線に気が付いた凪が口を開く。

「はい、姫さんも飲み。玉露茶《ぎょくろ》や。ああ、あとは甘味《かんみ》も必要やな」

何かを思いついたように声を弾ませた凪が手のひらを開くと、再びポン、と軽快な音が鳴り、大きな蒸籠《せいろ》が現れた。

「色々あってお腹《なか》もすいとるやろし」

そう言った凪が開けた蒸籠の中には、これまた大きな饅頭《まんじゅう》のような食べ物が敷き詰められていた。

もわもわと逃げ出した蒸気が美味しそうな匂いを運んでくる。

「小豆蒸《あずきむ》しだ!! 凪さま、オイラも食べていいか!?」

「センリは最近ちょっと太り気味やから一個だけな。姫さんも、ほら、僕のお手製小豆蒸しや。こう見えて炊事《すいじ》とか得意なんやで」

「わっ……！　あ、ありがとうございます」

得意げに笑った凪の手から受け取った大きな白いあんまんのような小豆蒸しを割ってみると、中には艶々とした小豆が入っていた。

確かに、思い返してみれば香夜は常夜に来てから何も口にしていなかった。

思わずパクリと口に入れると、優しい甘さがじんわりと口内に広がっていく。

「美味しい……」

「はは、そう言ってくれると嬉しいわぁ。たくさん食べてええよ。あっ！　センリは一個だけ言うたやろ！　さっき厨房《ちゅうぼう》から肉串パクってきたの知っとるで！」

「もご……っ！」

口いっぱいに頬張ったセンリを捕まえ、手に持った小豆蒸しを奪い取る凪。

センリもまた、何か抗議しようとしているようだが、いかんせん口に詰めすぎて話すことができないようだ。

「まったく……食い意地だけは一丁前なんやから。ああ、あとそうや、言い忘れとったけど、あんま一人で外出歩いたりはせん方がええで」

「え？」

「さっきも言うた通り、空亡が姫さんを狙っとることは確実や。それに、識の呪いを手っ取り早く解くには、姫さんが言ったとおり花贄の血を飲ませるのが一番やからな。識の生死は、今んとこ姫さんにかかっとるって言っても過言じゃない。言いたいこと分かるやろ？　薬にも毒にもなり得る姫さんの血を狙って、今まで以上に花贄を狙う妖が出てくるはずや」

そう言ってにこやかに笑う凪を見て、香夜は血の気が引いていくのが分かった。

昨日、識に殺されなかったからといって、安堵《あんど》している場合ではないのだ。

何故か花贄に執着しているという黒狼の敵勢力。そして識や凪以外の妖。香夜を狙う者は、ごまんといる。

「そんなに怯えなくても大丈夫だぜ！　あんた……いや、香夜のことはオイラたちが守ってやるからな。オイラは凪さまに使役されてる黒狼派の妖だけど……香夜派でもあるぞ！」

「センリ……」

香夜と目が合うと、朗《ほが》らかに笑いすり寄ってくるセンリに頬が緩む。

「おお、頼もしいなぁセンリ。その調子や」

「へへっ、でも凪さまだって香夜の味方だよな？　だってさっき、香夜を誰にも見つからない部屋に隠して、誰にも見つからないように自分の元へ連れてこいってオイラに言っただろ！」

「あはは、そうやな。さっきは待てども待てどもセンリが姫さん連れてこんからヒヤヒヤしたわ」

「そ、それは……」

もごもごと黙り込むセンリと、それを苦笑いで咎める凪を交互に見つめる。

「……どうして、そんなに私に良くしてくれるんですか……？」

香夜の口から、素直にそうこぼれ出た。センリを抱きながら優しく微笑みこちらを見る凪は、昨日門の前で出会った妖とはまるで別人だ。

首を傾げ、余裕の笑みを浮かべる凪。手触りが良さそうな金髪が夜風に揺れる。

「どうして、って言われてもな……うーん、正直僕は色々下心あるで？　識が自分の蝶をつけるような花贄の姫さんがどんな子か知りたかったし、空亡の書のことも気になったしな」

そう言った凪の膝の間、僅かに空いたスペースにすかさずセンリが入り込み、ちょこんと座った。こうして見ていると、この二人の関係性もなかなかに謎だ。

「でも、一番気になったんは姫さんの心や」

静かに少しずつ落とされる凪の声に、小さく首をひねる。

「心……？」

「そう、最初姫さんのこと見た時、華奢《きゃしゃ》でか弱そうで、すぐにでも死んでしまいそうな女の子やと思った。でも、近付いてみたら心に小さい火が灯っとるように見えたんや。強い風でも吹こうもんなら一瞬で吹き飛ばされそうな子が、僕みたいな妖の前で震えながら足に力入れて立っとった。それが可愛らしゅうて、危うくて、思わず守ってあげたくなった」

そう言って香夜を見る凪の眼差しに、頬が熱くなるのが分かった。どう返事をしていいか分からずたじろいでいると、凪はセンリの頭を撫でながら再び口を開く。

「やから、僕にも姫さんのこと守らせてくれる？　僕は、こんなんでも黒狼の側近や。力には自信あるんやで」

暖かく湿った夜風が吹き付けた。

ほのかに沈丁花の香りがする風は目の前に座る凪から流れているようにも思えた。

おそらくどれも凪の本音なのだろう、紡《つむ》ぐ言葉に気持ちが乗っているのが分かる。

「……ありがとう、ございます」

香夜がそう言うと、凪は目を点にして香夜の顔を見つめた。

そして数秒間固まると、次の瞬間、ふはっと吹き出す。

「っ、は！　素直なんか阿呆なんか分からんなぁ。敵意がなかったとはいえ、自分を襲おうとした妖にお礼なんか言わんでえぇよ」

「でも……嬉しいです。少し、新鮮で」

少なくとも香夜が生まれ育った安桜の屋敷では、香夜を守らせてほしいと願い出る者は一人もいなかった。香夜の護衛役に選ばれた侍女は、皆揃《そろ》って嫌悪感を露わにしていたほどだ。人に避けられ、一人で過ごしていたせいか、香夜には友人と呼べるような人がいない。

——こんな風に、優しい言葉をくれる人たちを、友人と呼べたら……。

どんなに幸せなことだろう。胸を押さえ、おずおずと凪たちを見上げる。すると、温かな笑みが返ってきた。

「そうか。姫さんが喜ぶなら、どんなことでも言ったるで？　味方が多い方が嬉しいなら、他の信用できる黒狼派をこの屋敷に呼びつけることだって可能や。……や、血の気多い奴がほとんどやしやっぱやめといた方がええか」

「味方……その、黒狼派って他にもたくさんいるんですか？」

先程、常夜の勢力は大きく分けて二つあると言っていた。敵勢力の〝空亡〟と呼ばれる妖たちと、常夜頭勢力の黒狼派。凪やセンリ以外にも、存在するのだろうか。

すると、凪はこくりと頷き口を開く。

「もちろん。城下におる妖はほとんど常夜頭の下に仕えとる奴らや。常夜頭が選ばれる時、上級から中級の妖を従えて百鬼夜行が行われる。常夜頭の後ろを歩いた妖全員が、常夜の町を守る一派になるんや」

「百鬼夜行……確かに、牛車で町を通った時にたくさんの妖とすれ違いました」

「せやろ、あいつらみーんな、識が使役しとる妖や」

「いいなぁ……オイラ、黒狼さまの百鬼夜行は見てないんだよ。常夜頭の百鬼夜行は、どんな妖でも一度は憧れるものなんだぜ。オイラもいつか、百鬼夜行に加われるくらいの大妖になってやるんだ」

頬を上気させて意気込むセンリを見て、香夜は過去に行われたというその光景を思い浮かべた。

――識の百鬼夜行……私も少し、見てみたかったかも。

牛車に乗って常夜の町を移動した時、すれ違った奇怪な妖たち。そんな妖の群れを引き連れ歩く黒き狼は、きっと目を奪われるほど美しかったことだろう。

「あとは、黒狼派の中でも、土蜘蛛《つちぐも》の一派が特に強い味方や」

「う……オイラ、土蜘蛛さまはちょっと苦手なんだよな……」

「はは、まぁ、根暗さでいったら識と似たり寄ったりなとこあるもんな。識の許可さえあれば屋敷に連れてきたいところなんやけど……どっか消えてもうたんよね、識」

識が消えた。

やはりあの後、香夜を置いたまま姿を消してしまったのだろうか。

だけど何故だろう、屋敷に広がったままの濃い桜の香りはこうして話している今でも刻一刻と強くなっている気がする。

「……ま、ええわ。識のことは今放っておこ。それより僕な、姫さんに名前呼んでほしいんよね」

「名前?」

「そうそう」

センリを後ろから抱きしめながらふわふわの毛並みに顎を乗せる凪。

されるがまま、むしろ少し嬉しそうにも見えるセンリは愛らしい人形のようだ。

何だか二人は少し似ている気がする。

「僕のことは気負わず凪って呼んで。識のことは〝しき〟って呼んどるんに、僕だけ敬称とか付けられたら差感じてなんか嫌やから」

語気を強められ、香夜は思わず小さく頷いてしまう。

「……わ、分かりました……なぎ……」

「んー？　小さすぎて聞こえんなぁ。もっと腹から声出して。ほらセンリ、お手本見してやり」

茶化すように言った凪にふられたセンリが、大きく息を吸う。もふもふの胸が風船のように膨らんでいく。

「すぅ……、凪！！！」

「いや、程度ってもんがあるやろ鼓膜破く気か⁉」

「……ふふ」

凪とセンリの掛け合いをきょとんと見ていた香夜だったが、そのあまりの微笑ましさに思わず笑みをこぼしてしまう。すると、驚いたように目を見開いたのち、ふわりと綻《ほころ》んだ笑顔を見せる凪。

「……姫さんが笑ったとこ、ちゃんと見たの初めてや。……識が独占したなる気持ち、ちょっと分かるかもしれん」

そう言って、照れたように頬を緩める少年のような凪の表情に思わず目を奪われてしまう。

「オイラと二人っきりだった時も笑ってくれたぞ！　香夜、笑ったらもっと可愛いよな。ずっと笑ってればいいのに」

「……ふぅん、僕のとこに来ずに二人っきりで喋っとった時ね？」

「えええ!?　それはさっき誤解解いたばっかだろ!?」

大きな声で言い争いをする凪とセンリ。瘴気に満ちた常夜にいるとは思えないその光景を見て、再び笑みがこぼれた。

「じゃあ、姫さん。今日だけは部屋に戻って静かにしとってな。すぐ動くと、姫さんの気配が漏れてまうかも分からんし」

「わ、分かりました」

「明日また迎えに来るわ。じゃ、センリ、姫さんを部屋まで送ってやって」

「おう！　任せてください凪さま！」

強い風が吹き付け香夜が振り返ると、もうそこに凪の姿は無かった。

「消え……た？」

辺りには沈丁花の花を絞ったかのような甘い香りだけが残り、何も無い場所から柔らかく温かな風が吹くのみ。

穏やかな香りを孕んだ風が白昼夢のごとく香夜の身体を包み込む。

ついさっきまで顔を合わせて話していたのに、瞬きをした瞬間身体ごと消えて無くなってしまった。

「移動したんだよ、姿すら見えなかっただろ？　へへ、やっぱすげえよなぁ、凪さま」

「妖ってこんな瞬間移動みたいに移動できるんですね……」

「自分の魔力がより強く使える場所でならな！　例えばこの屋敷の中でとか、黒狼や烏天狗の領地とかなら簡単にできるんじゃないか？　……オイラはまだできないけど」

「へぇ、すごい……」

狐につままれた気分だ。いや、この場合天狗につままれたと言う方が正しいのだろうか。

「香夜！　いくぞ！」

「あ、はい……！」

慌てて立ち上がり、センリと共に座敷を出た。

しかしその瞬間、香夜は何か言葉にできない違和感を覚えて立ち止まる。

──何だろうか。何かが、おかしい。

「おい、どうしたんだよ。香夜の座敷はまだ向こうだぞ？」

「……あの、センリ、ここってこんな風景でしたっけ……？」

長く続いている縁側からは、屋敷の庭がよく見える。

赤い月明かりに照らされ、美しい庭園に植えられた牡丹《ぼたん》や皐月《さつき》の花々がこちらを見ていた。

「月が左にあるんです」

一見おかしなところなど何も無い景色ではあるが、先程通った時と月の見え方が違うのだ。

時間が経過して月の位置が変わったとかではない。そもそもの位置が変わっている。

センリに連れられてこの座敷に来た時は、確か月は右側に、小天守に半分隠れるようにして出ていたはず。

香夜は首を傾げ、夜空を覆いつくさんばかりの大きな月をじっと見つめる。

瞬間、頭に鋭い痛みが走り、香夜はその場に倒れるようにしてしゃがみ込んだ。

「……っ、あ」

「おい！　香夜！」

センリの声が、姿が、瞬きをするたびにかすんで揺れる。

それどころか辺りの風景までもが輪郭を失い、視界そのものがぼやけていく。

香夜の鼻をかすめたのは、脳を惑わせ、呼吸さえ忘れてしまうほどのかぐわしい香り。何度も嗅いだ、強い桜の香りだった。

上手く回らない頭の中、香夜は震える脚を励ましながらなんとか立ち上がる。

「センリ……？」

センリを呼ぶが、返事は返ってこない。

閉まっていたはずの障子がいつの間にか全て開いている。

どの座敷も不自然なほどに静まり返り、ただ淡く光を放つ狐火が何個か漂っているだけだ。

「センリ……、どこ行っちゃったの」

ふらふらと柱をたどり、一つ、二つと誰もいない座敷を通り過ぎる。

凪が突然姿を消してしまったように、センリも消えてしまったのだろうか。

そうしていくつかの座敷を通り過ぎた時、香夜の足は何かに吸い寄せられるようにしてピタリと止まった。

——ああ、どうして。

「……どうして、あなたがいるんですか」

開け放たれた障子の先、座敷の中に広がった無数の花びら。

その中心に、黒く美しい妖がうずくまっていた。

「識」

澄んだ声が香夜から出る。

どうしてか、香夜の心に泣き出したくなるほどの懐かしさが広がった。

身体が言うことを聞かなかった。無意識に動く香夜の手が、座敷の中心でかすかなうめき声を上げている識へと近付き、そっと伸びる。

識の身体は、羽織の上からでも分かるくらいの熱を帯びていた。

時折ひどく苦しそうに声を上げ、荒い呼吸に顔を歪める識の背に手を当てる。

「……識？」

香夜がもう一度その名を呼ぶと、ゆっくりと顔を上げた識の赤い瞳と目が合った。

ほんの少しの静寂を挟み、ポタリ、ポタリと流れ落ちた識の汗が手元の畳に染み込んだ。

「……何故お前がここにいる」

下から香夜を睨みつけた識の身体からは赤黒いモヤのような瘴気が出ていた。

花びらが散っているようだと思った。

赤く、甘く、妖しい香りを吐きながら身を散らしていく花の最期を見ているようだと。

羽織の下、識のはだけた長襦袢から月夜見の痣が見えた。

昨日はほんの僅かしか見えなかった、薄黒い呪詛。

識が呼吸をするたびにうごめき脈打っているため、意志を持っているかのように見える。

「……俺に、近付くな。……お前にも、呪いが移るかもしれない」

識は絶え絶えになった息を吐き出すようにしてそう言って、ぐったりと畳に倒れ込んだ。汗で濡れた髪が頬に貼り付いている。

開いたままの障子から、生温い風が入り込んでくる。

——春風だ。

吹き付ける風の熱に浮かされ、心の中でうずき続ける感情が吐露《とろ》してしまいそうな、妙な焦燥感《しょうそうかん》が香夜を襲う。

何を焦っているのだろうか。

どうして自分は、この美しい獣のような妖から目を離せないのだろうか。

春風に乗って、ひらりと薄紅色の花びらが舞い込む。つられて顔を上げ、あ、と小さな声が出た。

庭には、丸々とした月が正面に出ていた。

月の下、先程まであったはずの牡丹や皐月の花々はもうそこにはなく、あるのはそびえ立つ桜の大樹のみ。

白い月の下では青白く輝いて見える桜の花も、赤い月の下では真っ赤に染まって見えるのだと思った。咲き乱れた桜が柔らかい春風に乗って花吹雪を作っていく。

それは美しいというより先に畏怖が勝つ、見事な存在感。あまりの壮大さに圧倒されてしまう光景だった。

「……っく、……」

識のくぐもった声が聞こえ、香夜は思わずハッと振り返る。

「……！」

呪いが進行しているのだろう、苦しそうに肩で息をする識に再び手をかざそうとし、直前で止まった。

――また、叱られてしまうだろうか。

香夜が識に身をゆだねようとした昨日、彼はひどく傷付いた目をしてこちらを見た。それでも、こうして苦しそうにうめいている識を放っておくことはできない。やはり昨日の量では足りなかったのだ。それなら、もっと多く――。

「……私の血を、飲んでください」

どうかしている。そんなことは分かっていた。

肩で息をする識は香夜のことなど最早《もはや》見えていない様子で、返事は無い。

香夜は帯の中から懐刀を取り出し、腕に這わせてスッと勢いよく引いた。

「……っう」

一筋、切れた肌からじわりと血がにじみ出る。

滴《したた》り落ちてくる血を識の口元へと近付けると、薄く目を開いた彼と目線が絡み合った。

「……近付くなと言ったのが聞こえなかったのか」

言葉を発することも辛いのだろう、識の表情が呼吸に合わせて何度も歪む。

「……識、お願い」

そう言って跪いた香夜は、半ば強引に自分の血液を識の口へと垂らした。

すると、大きく喉元が動き、識が香夜の腕を強くつかんだ。

識の瞳に映った自分は、思っていたよりも緊迫した表情をしていた。

香夜は歯を食いしばり、識がつかんだ腕を見る。深く切りつけたにもかかわらず不思議と痛みは感じなかった。それどころか、熱く火照《ほて》っていく自分の身体に香夜はひそかに戸惑いを覚えていた。

滴り落ちた血液が、香夜の白い着物を汚していく。

口無しの家屋で用意された強い魔力に耐えうるという白無垢《しろむく》も、この恐ろしい妖にこうも引き寄せられていては意味が無い。

「……何故、お前は自分の身体を傷付けてまで俺を救おうとする。……何が目的だ？」

識につかまれ、握りしめられた腕の骨がきしむ音がする。

「……っ、目的なんて、ありません。ただ、あなたを助けたいんです。……あなたは、私を安桜の屋敷から連れ出してくれました。欲しかった言葉をくれました。……それが、すごく、嬉しかったんです」

　そう言って、上から真っ直ぐに識を見つめる。すると、識の表情がほんの少しだけ揺れ動いた。

「はっ、救えないな。……お人よしも度が過ぎれば身を滅ぼすと、そう言っただろう」

　傷の付いた皮膚を力強く押さえつけられ、香夜の腕から流れ出る血液。赤く伝う香夜の血を、識の冷たい舌先が舐める。その扇情的《せんじょうてき》な仕草に、香夜はぎゅっと唇を噛み締めた。

「……俺は、助けなど望んでいない。俺がお前に望んでいることは、もっと、取るに足らない――」

「……っ！」

　息を荒くしこちらを見る識の瞳が濡れている。その瞳の色がどうしようもなく自分を求めているように感じて、香夜は何も言うことができずに識を見つめた。

　識の整った鼻梁に影ができる。大きな識の手のひらが、香夜の頭を乱暴に押さえつけた。そのまま欲に任せるように薄く開き近付く唇。――口づけされる。とっさにそう感じ取り、身体を引こうとした。

「ほう……？　拒むのか、ここまでしておいて」

　しかし、そう言って起き上がった識の熱い腕に、阻止されてしまう。

「……いいことを教えてやる。俺にとっては、花贄の血よりもお前と交わす口づけの方が効果的だ。俺を助けたいんだろう。一度救うと決めたのなら、貫き通したらどうだ？」

そのまま「ほら」と促して香夜の顎を上げる識。意地悪な言葉の意図に気が付き、香夜はふるふると頭を振った。

すると背に回された識の手が香夜の腰へとずれ、ぐっと身体が引き寄せられる。識の指先が唇に移った瞬間、電流が走ったような衝撃が香夜の全身に走った。

「っ、あぁ……！」

「……お前に付けた蝶を一時的にはらった。以前より感覚が過敏になったはずだ」

「や、め……どうしてこんな……、んっ！」

抵抗もむなしく、強引に重ねられた唇が熱い。いや、熱く火照っているのは香夜自身だった。何度も何度も喰らいつくようにして口づけをされるたびに香夜の身体は弓のようにしなる。

身体の神経全てが高まっていくような、今までに無い感覚に香夜の頬を涙が伝うのが分かった。

「お前は、俺の花贄だ。そのように頬を赤らませ、されるがままになっている方が幾分か気分がいい」

そう言った識の口元が、意地悪く弧を描く。むせ返るような桜の香りに、器用に動く識の指先に、意識が遠のきそうになる。

もう何度目か分からない識の口づけに、行き場を無くした悲鳴が漏れる。乱暴な口づけとは裏腹に、優しく繊細に動く識の手。

「……おねが……い、やめて、ください……」

「……やめない。近付いてきたのはお前の方だ」

非道な妖は、香夜の反応を楽しむようにして、絡ませる腕に力を込めた。

月下、どちらのものとも知れない吐息が重なり合い、舞い込んだ薄紅色の花びらが視界を染める。

識の舌でえぐられていく傷口が痺れるように痛んだ。しかし、痛みとは別の、身体の奥底から湧き上がってくる快感が香夜を混乱させる。

どうしてこんなにも感情が揺さぶられるのだろう、どうして、目を逸らすことができないのだろうか。

そう何度も自問した言葉もまた、香夜の頭の中でぼやけて溶けていく。

腕をつかまれたままじりじりと体勢が逆転していき、いつの間にか識と向き合っている形になる。

こうしていると進んで身体を差し出したことを余計に思い知らされるようで、香夜は頬がカッと熱くなるのを感じた。

識は何も言わない。

ただ、獣のような目をして香夜を見つめるだけだった。

——何を、考えているの？

識の眼差しが熱を持っている理由も、それを見ると胸が痛む理由も、何も分からない。ただ分かるのは、香夜が識に、この美しい妖に強く引き寄せられているという事実だけだった。

香夜の血をするたびに、識の呼吸が穏やかになっていくのが分かる。やはり、花贄の血が月夜見の呪いを薄めるというのは本当だったようだ。

「……俺を」

「……え？」

識が、ポツリと。呟いた。

その震えるような声に顔を上げ、識を見る。

「俺を見るな、呉羽《くれは》」

「……っ！」

声が出なかった。

無意識下で発音したように小さな声だったが、香夜の耳にはしっかりとその名が届いた。それほどまでに、哀切に満ちた言葉だった。

しかし、この声色は香夜に向けられたものではない。今、識は香夜を通して、全く違う誰かを見ているのだ。

識の、薄く形のいい唇が香夜の血で妖しく照っている。

あまりの艶美《えんび》さにぞくりとすると同時に、胸の奥底が押しつぶされるように痛んだ。

目を閉じて、震える額を香夜の腕に這わす識。

その姿はまるで何かを乞い願うかのようだった。

「……嫌」

香夜の胸の奥で響く鼓動が、呼応するかのようにトクトクと鳴る。

香夜はそれを、ぎゅっと押し込むように着物の襟元を握りしめた。

「そんな声を、出さないで」

そう言った瞬間、涙が一筋、香夜の頬を伝い落ちる。

識から伝わる、狂おしいほどの切望。

聞いたこともない呉羽という名前。それなのに識がその名前を呼んだ瞬間、どうしようもない切なさが、喪失感が香夜の心を刺した。きっと、識が今まで見せた優しさは全て、香夜以外の誰かに向けられたものだったのだろう。

目の前で揺れる、識の絹糸のような髪に手を伸ばす。しかし、伸ばした先にあったのは水のような質感の闇。
桜の花びらが視界を覆っていく。
鳴り響く鼓動も、鈍い腕の痛みも、全て深い闇の中に飲み込まれていくようだった。

四章　紅雨

「……よる、……夜！　……香夜!!」

まどろみの中、名を呼び続ける高い声。

その声に弾《はじ》かれたように香夜が目を開けると、もふもふした薄茶色の生き物が悲痛な面持ちで覗き込んでいた。

「……センリ？」

香夜が名前を呼ぶと、その大きな眼いっぱいにためた涙を片手で拭い、香夜に飛びかかるセンリ。

「わ！　……っと！」

「……っ！よかった、びっくりしたんだぞ、急に消えたと思ったら曲がり角のところで真っ青な顔して倒れてるしよ！　オイラ、このまま香夜が死んじゃったらどうしようって……」

「倒れてた……？　私が？」

「何も覚えてないのか!?」

涙目のセンリが香夜に抱き着いたまま、上目遣いで問う。

香夜が覚えているのは部屋から出て、急にセンリが目の前から消えたこと。夢のような桜吹雪の中、息を荒らげてうずくまる美しい妖の姿。

そして、識がたった一言だけ呟いた『呉羽』という女性の名前だった。

自分の身体をさすってみると、未だに熱を帯びた余韻《よいん》を持っている気がして、香夜は大きく頭を振る。自分の意志とは関係なく溢れてくる涙も、センリに見られないようにと慌てて拭った。

ドクリ、ドクリとうるさく鳴り響く心臓の音。自分の身体は、どうしてしまったのだろうか。自身で傷を付けたはずの左腕を見ると、そこにはかすかな傷跡が残っていた。

「センリ、私……」

「──姫さん、おる!?」

香夜が言葉を続けようとした瞬間、凄まじい音を立てて廊下側の障子が開く。

そこに立っていたのは、走ってきたのだろうか、珍しく焦った顔をして息が上がった様子の凪だった。

凪は座敷の中を一瞬見渡し、香夜のことを一瞥《いちべつ》すると、大きく息をついた。

「はぁ……もう、姫さん、そうやって倒れるの趣味やったりする？」

「ご、ごめんなさい……」

柱に重心を預け、その場に力なくしゃがみ込む凪を見て、思わず謝ってしまう。

ふと下を見ると、寝かされていた布団の端にひとひら落ちた桜の花びらを見つけた。

そっと摘まみ上げると、花びらは少し光を放ったのち、香夜の目の前で消えた。

「……センリ、凪、このお屋敷ってその時々で座敷の位置が変わったりしますか？」

凪たちと話していた座敷を出てから最初に感じた違和感は、月の位置が変わっていたことだった。右端に上がった月、左に上がった月、そして夜空の中心で桜の大樹を赤く染め上げていた月。常夜の月が人間界と同じ動きをすると仮定しても、座敷の位置そのものが変わっていないと説明が付かない光景だった。

すると、凪が少し驚いた表情をして口を開く。

「姫さん、識に会うたんか？」

「……はい。座敷を出たら月の見え方が変わっていて、センリが急にいなくなったんです。そしたら別の座敷に……識が倒れ込んでいて……」

識に会ったことも、また自ら進んで血を与えたことも、全て夢ではなかった。何故なら部屋の中に舞い込む花びらも、識の熱い息遣いも全て鮮明に覚えているからだ。香夜は身体に残った余韻を振り払うように、両手で軽く自分の頬を叩く。

「オイラ、オイラどこにも行ってないぞ！　急に消えたのは香夜の方だ！」

「そうか、識が近くにおるんやな。……姫さんが言う通り、この屋敷は当主である識の気分次第で自由自在に構造が変わる仕組みになっとる。でもそれは危険すぎるやろ、やから普段は結界が張られて動かんくなっとるはずなんや」

深刻な顔をして凪が言う。

「でもその結界の効力を識の魔力が上回った場合は別や」

琥珀色の瞳が揺らぎ、凪がおもむろに立ち上がる。

そして香夜の近くまで来ると、ドスンと音を立てて胡坐《あぐら》をかいた。

「……姫さん、識にひどいことされとらんか？　どっか噛みつかれたり、血奪われたり……今んとこ身体に傷は見えんけど、着物で隠れとるところとか……」

「えっ、い、いや……そんなことは全然！　あ、でも……いや、何でもないです……」

二度ほど自分から身を捧げた結果、逆上されて襲われかけました。そんなことを言えるはずもなく、香夜はうろたえながら頭を振る。

「ええ、ほんま……？　じゃあなんで屋敷の結界破れるくらい魔力高なったんやろ……相当無茶苦茶なことせんとここまでには……、あ」

色々考えを巡らせていた凪が、やがて一つの答えを導き出したかのように止まる。

その横で、無茶苦茶なこと、という言葉が、過度に繰り返された口づけや抱擁を含んでいたらどうしようと赤く縮こまる香夜。そしてきょとんと首を傾げて、二人の顔色を見るセンリ。三人の間にほんの少しの静寂が流れ、凪の長いため息がそれを破った。

「はぁ……分かった。きっと、姫さんと触れ合ったことでタガが外れたんやろな。そんな状態なら、もっと、もっとって姫さんを求めてくるのが普通や。姫さんと一日中触れ合っとらんと耐えれんくらいの欲求なはずなんやけど……それならそれで、なんで姿隠しとるんか謎や」

呆れたようにそう言う凪に、香夜はもっと赤面する。

「とにかく、ちょっと魔力が高まりすぎや。今、あいつが少し機嫌を損ねただけで死人がわんさか出るわ」

「そ、それってかなりまずいんじゃないか……!?」

「まずいどころか、センリなんて瞬き一つで木っ端みじんや。早く見つけて、引っ張り出さんと」

「ひっ……！」

真顔でそう言った凪に、センリが文字通り飛び上がり香夜の袖《そで》をぎゅっとつかむ。

小刻みに震えるセンリの手のひらを握り返し、香夜は目の前に座る凪に向き合った。

「凪は、識と会っているんですよね……?」

「……ああ、いや、月夜見の呪いが発現してからは識も表舞台に顔を出さんようになっとったから、あいつの姿ちゃんと見たんは僕も何年か前で……」

「そんな……」

「はは、僕、一応大きな妖勢力の頭領なんに落ちこぼれやからなぁ。識に面と向かって頼られることなんて滅多に無いさかい」

うつむいたまま、自嘲《じちょう》ぎみに笑みを浮かべる凪。

雨が降るのだろうか。地面が濡れたような、湿った匂いが座敷の中に入り込んでくる。

「落ちこぼれ？」

「そう、落ちこぼれ」

凪の表情に、香夜はずっと母に〝厄災の子〟と嫌悪されてきたことを思い出す。

「僕な、鼻が利かんのや」

自身の鼻先を指さし、そう言った凪を思わずキョトンと見つめる香夜。

「あ、姫さん今そんなこと？って思ったやろ。妖にとって鼻が利かんことは結構な痛手なんやで？　相手の魔力を測れんかったら戦いにならんかったりするし」

「相手の魔力を測るために、鼻を使っているんですか……？」

「んー、そうやね。魔力を感じ取るだけやなくて、神通力《じんずうりき》なんかも鼻が使えんだらパーや。あとは……」

すると凪がふわりと眉を下げ、香夜に向かって手を伸ばした。

あ、と声を出すより先に凪の顔が香夜の首筋に近付き、そのまま深く匂いを嗅がれる。

「っ……！」

「うーん。深く嗅いだら何か変わるかもって思ったけど、やっぱりええ香りするだけやなぁ。よく言われとるような欲情するような香りには感じんわ。魔力も特段高まるわけちゃうし」

「よ、よく……!?」

「なんや、自分がどんな匂い発しとるんか知らんかったん？」

薄く笑ってこちらを見る凪。からかっているのだと分かり、香夜は頬を染めた。

「……妖は、いつも私を食べようと襲い掛かってきたので……お、美味しそうな匂いがするのかと、思ってました……」

「あながち間違いでもないな。花贄の姫さんっていうのは妖にとって美味しいご馳走みたいなもんや。その身体が不治の病の妙薬になったりするほどやからな。でもほとんどの妖は人間の肉の味なんて忘れとる。やし、花贄の血の匂いにあてられて自我を忘れるほど喰いたいってなるのは知能の無い低級ぐらいやと思うで」

息がかかるくらいの距離で平然とそう言ってのける凪に、顔が熱くなっていく。

「それは、本当によかったです……」

もし常夜の妖が人間の味を覚えていたら。そう思うと、ゾッとした。

「まあ、花贄の匂いを嗅いでも何も思わんのは、僕が落ちこぼれやからかもしれんけど」

　自分を卑下《ひげ》して話す凪に、香夜は頭を横に振る。屋敷の前で会った時に感じた凪の気配は、

「……落ちこぼれは言い過ぎだと思います。すごく大きなものだったので」

こう……すごく大きなものだったので」

　屋敷の門前で凪と会い、刃のような風を面と向かって感じた時、頭の中で鳴り響いた警鐘。

　肌がひりつくような殺気だった。

　識の暴力的な気配とは違う、鋭く繊細な研ぎ澄まされた力が向けられる恐ろしさは今思い出しても戦慄するほどだ。

「姫さんにそう言われるのは光栄やけど、考えてみ？　相手の実力を測ることができんかったら、何事も十割の力で臨《のぞ》まんといかんやろ」

　凪の下に風が集まり、癖のある金色の髪がゆらりと逆立つ。

　琥珀色の双眼が光り、大気が小さな渦を作っていく。隣でセンリが唾を飲み込むのが分かった。

「だから僕はいつだって全力や。力を抜くことなんてできんからなぁ、少しでも躊《ちゅう》躇《ちょ》してしまえば、こっちが死んでまう」

「凪……？」

「そうやって目の前の敵をとりあえず倒しとったら、誰も周りにおらんくなった。僕

も僕の力が分からんのや。気付いたら、仲間すら手にかけとった。仲間全員殺してもうた後の僕な、どんな顔しとったと思う？」

沈丁花の淡い香りがした。

凪の身体を包んでいく風の渦は、触れていなくても分かるほどに冷たく濁《にご》っている。

「笑っとったわ、楽しそうに口元緩ませて。身体じゅう仲間の血だらけなんに、笑っとった。そもそもなんでそんな共食い始めたんかすら今となっては覚えとらん。ただ、いつの間にか僕が天狗の頂点に立っとった。落ちこぼれの化けもんが、頭領になったんや」

「……そう」

「引くやろ。妖にとっては生命線の鼻も、直感も特に利かん。あるのはただ血に飢えた妖の本能のみや。そんな危うい力、僕が常夜頭なら絶対近くに置かんわ」

「そう……ですか。……きっと、辛かったですよね」

「……え？」

目を丸くさせ、香夜を見つめる凪。

風で逆立っていた髪がゆっくりと元の形に戻っていく。香夜はぎゅっと顔を歪め、凪の髪をそっと撫でた。痛みを取り除くように、傷を癒すように。

「……凪は、ずっと、傷付いていたはずです。……負けないために、生きるために、自分の心を殺してしまわなくてはいけないくらいに、強くならなきゃいけなかったんですよね。きっと、それはすごく……すごく、痛かったと思います。たくさん、心が傷付きましたよね」

香夜は妖の世界のことを何も知らない。

だから、相手の魔力量を読めないことや、鼻が利かないことで凪が被ってきた不利益は想像できなかった。

しかし、凪が抱える孤独ならば痛いほどに分かる。

周りに味方が一人もいない状況下で、強くならなければいけない、という重圧は時に自分自身をも見失ってしまうほどに大きい。

自分の仲間さえ楽しみながら手にかけるようになるまで、凪がどのような境遇をたどってきたのか。考えるだけで胸が痛んだ。

すると、凪はしばらく何とも言えない間抜けた表情で香夜を見つめ、やがて綻びが入ったようにくしゃりと笑みをこぼした。

「……はは、かなわんわ。そんなこと言われたの初めてや」

そう言って、泣き出しそうな顔で頬を緩めた凪。

今まで見せた微笑みとは違い、心の柔らかい部分をこちらに開示するような、どこか幼さを感じる表情だった。

ふと右腕に感じたふわふわとした圧迫感に香夜が下を見ると、センリが腕にひしと抱き着いていた。

「……やっぱりオイラ、香夜のこと守るからな」

「え、ええ……？　どうしたんですか、急に」

「急なんかじゃないぞ、オイラの好きな人にあったかい言葉を掛けてくれる奴はみんな好きだ、強い妖なら好きな奴は守らないとだろ！」

そう言って大きな瞳をぎゅっとつむって香夜の腕に顔をうずめるセンリ。

香夜は少し戸惑い、そっとセンリの頭を撫でる。暖かい、艶々とした毛布のようなセンリの毛並みが香夜の手のひらをくすぐった。

「……センリは、凪のことが好きなんですね」

「好きだ！　強い凪さまも、オイラをいつも撫でてくれる優しい凪さまも大好きだ」

「……ねえ、本人目の前におるとこで言う？　ほっこりするけどそれ以上にはずいわ」

袖の部分が広がっている黒の漢服で顔を隠し、照れくさそうにうつむく凪。

少しはみ出した耳が赤く染まっているのを見て、香夜の頬が緩む。

あんなにも恐ろしいと思っていた妖が、今はとても身近な存在になったような気がした。

「……話戻すけど、識の魔力が屋敷に張られた結界を上回ったとして、あいつが誰に

も会おうとせず引きこもっとることには変わらん。それを姫さんだけが見つけること
ができたっちゅうことは、識が姫さんのことを強く〝求めた〟からや」
「求め……た？」
「そう。識の気分次第で屋敷の構造が変わるってことは、僕が百年かけて探しても一
生見つけられんってことや。識が認めた相手しか識の元へたどりつけん。それがあい
つの無意識やったとしてもな」
――識が私を求めた……？
赤い月に照らされ、強引に口づけされたことを思い出し、再び頬が熱くなる。
しかしその瞬間、悲しげな響きを持って、彼が愛おしそうに呼んだ名前が脳内で繰
り返された。
もう何度目かすら分からない、頭の奥がきしむような頭痛がした。
「……私ではないと思います。私じゃなくて……呉羽という人を求めているんだ
と……」
香夜がそう言うと、綻んでいた凪の表情が固まり、時間が止まったような静けさが
座敷を包む。
数秒間沈黙が流れたのち、凪の顔に浮かんだのは、驚きと困惑の表情だった。
「でも私もその呉羽って人のことは何も知らなくて……」

「……今、なんて?」

「え……? 私も、その人を知らなくて」

「ちゃう、その前や。呉羽って言うた? 呉羽って、あの呉羽か?」

身を乗り出し血相を変えてそうまくしたてる凪に、何かおかしなことを言ってしまったのだろうかと香夜はたじろいだ。

「え、ええ。誰なのかは分からないんですけど……識が、私の腕をつかんでその名前を呼んでいたので……」

桜の花びらが舞い散る座敷で、識は香夜の腕に額を押しつけながら『呉羽』と呼んだ。

哀しさに満ちた声色でその名前を呼んだ時だけは壊れてしまいそうな感情の片鱗《へんりん》を感じた。じわりと広がる胸の痛みに、香夜は下を向く。

——この痛みは、何なのかしら……?

識に触れられた時に感じる甘い痛みとも、安桜の屋敷で感じていた苦しみとも違う。もっと身体の奥底から湧き上がるような、耐えがたい感情だ。香夜は自身の心の変化に気が付きつつも、それが何を示しているのか、理解できないままでいた。

「……嘘やろ、姫さん、もしかして呉羽の生まれ変わりか? 独特な雰囲気やと思ってはおったけど……まさか」

「生まれ、変わり？　凪は、呉羽という方を知っているんですか？」

香夜がそう言うと、頭を抱えてしゃがみ込んだ凪。

「あぁ……知っとるも何も……巡り巡った因果も、ここまできたら呪いと大差無いなぁ……」

「凪さま、呉羽って誰だ？」

「……ああ、センリも姫さんも、知らんくて当たり前やよな。ずっと昔におった、怖い怖い女のことや。……あー、もう。なんか全て合点《がてん》がいった。なるほどな」

そう言って大きなため息をつく凪。

「ごめん姫さん。ちょっと予定早めるわ。本当はもう少し休ませてあげるつもりやったけど……」

「え……」

「今から〝土蜘蛛〟のとこ行って姫さんのこと見てもらう。もしそれが頭おかしなった識の妄言じゃなくほんまのことやったら、今すぐ姫さんに守護かけんとあかん。僕だけじゃ、姫さんのこと守り切れん。何考えとるか分からん識は信用ならんしな」

立ち上がり、準備体操をするように伸びをする凪。

琥珀色の瞳が光り、穏やかな風が外から吹き込んだ。

「時間もったいないから、飛んで行くで。抗議《こうぎ》なら後で聞くさかい」

「え？　ちょ、わ……!?」

にやりと笑った凪に目を奪われた瞬間、香夜の身体は宙に浮いていた。

凪の柔らかな髪が風で揺らぎ、沈丁花の良い香りが香夜の鼻腔を刺激する。

「うわ、姫さん、かっる！　ちゃんと食べとる……？」

「た、食べてます……！　な、凪、これって空を……飛んで……!?」

「ん？　うん、だってこの方が早いやろ？」

何かとんでもない既視感がある気がする。そうだ、これは常夜に来る前、識に身体を担《かつ》がれた時と同じだ。自分の背丈より頭二つ分は高くなった目線がぐらりと揺れ動き、香夜は再び短く叫んだ。

香夜を軽々と横抱きにした凪は、重力など関係無いと言わんばかりに、軽快な足取りで外へと飛び出した。息がかかりそうなほど近付いた距離に赤面する暇も無く、空中を浮遊する不思議な感覚が香夜の全身を襲う。

「じゃあ、センリー！　いきなりやけど、留守番よろしゅうなー！」

「ええ!?　オイラも連れてってくれよ！　……っ！」

今にも飛び立とうとする凪に向かい、センリが兎のように駆けて飛び付いた。

香夜はとっさに、センリが伸ばした腕をつかみ、そのもふもふとした胴体を抱え上げる。

「……あーあ。重量オーバーやって、もー。しゃあないな」

そう言って、凪を切る凪が笑う。

センリの肌触りの良いお腹が香夜の顔に当たり、おひさまの匂いがした。

「へへ、なんとか間に合ったぜ。香夜、オイラのこと落っことさないでくれよ！」

「は、はい……！　気をつけます！」

「姫さん、センリ、しっかり口閉じとくんやで。舌噛むさかい……っな！」

凪がそう言った瞬間、巻き上がった風の渦と共に勢いよく加速し、刹那、一メートルほど宙に浮いた。

かと思えば一気に浮き上がり、みるみるうちに地面が、屋敷が小さくなっていく。

「……っ!!」

星屑《ほしくず》のような水の粒と、薄い雲が香夜の頬をかすめる。ハッと吐き出した息が、遠ざかる景色に溶けていく。

常夜に浮かんだ赤く大きな満月に向かって上昇していく凪にしがみつき、香夜は恐る恐る目を開けた。

眼前に広がっていた光景を見て息をのんだ瞬間、少年のような瞳をした凪と目が合う。

雨が降る前、たくさんの水気を含んだ夜の闇の中、色とりどりの灯りがきらきらと点在していた。

あれは前に牛車で通った城下町だろうか、橙色に輝き、賑わっているのが分かる。

城下町の果てには薄紫に輝く大きな川が流れ、時々小さな魚が跳ねるのか、水の流れに逆らって光が反射していた。

溢れる自然と、賑わいが覚めることのない城下町。

濃く淀んだ常夜の空気が満ちてはいるものの、こうして眺めていると光が差し込む海の底を見ているようだ。

常夜の景色は、こんなにも美しかったのか。

「ひゃっほーぅ‼ すっげえや凪さま！ オイラ空飛んでるぜ‼」

はしゃいだセンリの明るい声が耳に届く。

厚みを持った風を蹴るようにして進む凪の髪が、空気と交じり合って、たおやかにはためいている。

——私、今、空を飛んでる。

物語の世界のように煌びやかな景色の一部になった気がして、胸が高鳴った。

凪はそんな香夜の様子を見て、優しく目を細める。

「……てっきり、怖いとか言ってしがみついてくるかと思ったけど、そんな顔されるとは拍子抜けや」

凪の言葉に、香夜は返事をする代わりに頷き返した。

怖いとか、高いとか、考える余地も無いほどに心を奪われる光景だったのだ。

空は淡い墨色で、月明かりが空気の中に混じる小さな屑をも赤く染めている。

「……黒狼のお屋敷、こうして見ると本当に大きいんですね」

牛車でたどり着いた時には気が付かなかったが、黒狼の屋敷は小高い山々に囲まれた奥地に建っていた。

見晴らしの良い山肌に建てられた屋敷は、上から見下ろすと余計に大きく、要塞《ようさい》のように見える。

「そりゃ、天下の常夜頭が住む屋敷やからなぁ」

「黒狼の屋敷には、凪やセンリ以外の妖もいるんですか？」

「うん？　あぁ、屋敷におるんは最低限の使用人と、僕が使役しとるセンリみたいな中級の妖だけやで」

雲の合間をすり抜けながら飛ぶ凪が言う。

凪が言った『他の黒狼派を屋敷に呼ぶこともできる』という言葉もそうだが、屋敷に来てから、凪やセンリ以外の妖と遭遇していないことが気がかりではあった。

常夜頭や烏天狗などの妖はもっとたくさんの群れをなしているのかと思っていたが、そういうわけでもないらしい。

「識は呪いが発現してから、他人を遠ざけるようになってなぁ。大勢おった使用人をほとんど解雇してもうたんよ。識の前におった黒狼の当主……ああ、識の父親な。それもうこの世にはおらん。識が子供の頃に、亡くなってもうたからな」

「そう……なんですね」

現世と言われる人間界とも、かくりよと言われる死後の世界とも違う時間が流れる常夜。もし、永久に明けることのない夜の中で命を落としてしまったら、その魂はどこへいくのだろうか。

ずっと、関わり合うことのない別の世界の話だと思っていた常夜での生活。

しかし、こうして共に時間を過ごして少しでもその心に触れてしまうと、妖も人も同じ感情を抱き生きていることに気が付く。

美しい常夜の世界にも、同じように死は存在するのだということを、凪の言葉を聞いて再認識した。

「……よし、降りるで。ちゃんと僕につかまっといてな」

凪がそう言うと共に、香夜の身体を柔らかく包んでいた風が形を変え、光をまとった羽衣《はごろも》のようになった。

翼のような風の衣が空気の抵抗を受け、ふんわりと膨らむ。

そのままゆっくりと降下した先は、がやがやと賑わう城下町の一角だった。

お囃子の音と、鈴の音がどこからともなく聞こえてくる。

路地には所せましと出店が並んでおり、その奥には赤い格子がはめられた家屋がずらりと建っていた。

牛車で通った時よりも、色濃く感じる町の空気。

大通りには数えきれないほどたくさんの妖が闊歩しているのが見える。

凪はゆっくりと香夜を地面へ降ろすと、上から手をかざした。

軽い毛布を被ったような暖かさが香夜の身体を包む。

「これは……？」

「一瞬だけ姫さんの姿見えんくなるようにしたさかい、絶対僕から離れんといて」

凪はそう言って、香夜の身体を自分の方へと引き寄せた。

肩を組まれ、ぴたりと密着した脇から凪の体温が伝わってくる。

センリはいつの間にか香夜の腕を離れており、少し離れたところで大通りを眺めていた。

「このまま歩ける？」

鼓動さえ聞こえてきそうな凪との距離に動揺し、声が裏返ってしまった。

「だ、大丈夫です……！」

識といい、凪といい、妖は他人との距離感というものが少しズレている気がする。

すると、全てを見透かしたように凪がくすりと笑った。

「そんな固まらんくても大丈夫や。姫さんがでっかいくしゃみでもせん限りバレることはないわ」

「えっ……くしゃみしたら駄目なんですか……？」

「ん ー？ 試してみてもええよ？」

もし素性が明らかになって、ここにいる大勢の妖から狙われることにでもなったら一大事だと香夜は身構える。なんとかして乗り切るしかない。そう決意し、何故かニヤつきながらこちらを見る凪の服を強くつかんだ。

「おーい、香夜、凪さま!! こっちにひやしあめの出店があるぞ!!」

「……あのにゃんこ、絶対目的忘れとるやろ……」

気が付くと繁華街の方へ進んでいたセンリの手には、たくさんの得体のしれない食べ物があった。

よく見ると、二つにわかれた尻尾にまで飴の棒が握られている。

もしかして、あの全てを食べつくすつもりなのだろうか。

「センリはもう好きにさせとこ、僕らも進もか。目的地はすぐそこや」

「土蜘蛛って、ここに住んでいるんですか？」

「住んどるっていうか、住みついとるっていうか……まぁ、見たら分かるわきっと」

土蜘蛛、という言葉から、蜘蛛が大きくなった世にも恐ろしい妖怪を想像してしまう。

もしそんなものが出てきたらどうしようと不安になる香夜だったが、ここまで来て引き返すことなどできない。

香夜の歩幅に合わせてくれているのか、凪の脇に隠れるようにして進むことは意外と苦痛ではなかった。

「──あらぁ？　どこのお偉いさんかと思えば、そこにおわすのは烏天狗の凪さまでありんすか？」

突然、後ろから掛けられた艶っぽい廓《くるわ》言葉に、凪の足が止まる。

驚いた香夜が振り返ると、そこには何重にも重なった艶やかな着物を身にまとった見目の良い女が立っていた。

「……げ」

「ふふ、やっぱりそうでありんす。凪さまぁ、今日はわっちの廓に来てはくれんのかえ？」

嫌そうな顔を隠そうともしない凪と、子猫のようにすり寄って甘い猫撫で声を出す女を交互に見つめる。

どうやら、香夜の姿は見えていないようだ。

「今日は野暮用《やぼよう》で、別のところに行かんとあかんのよ。琳魚《りんぎょ》と遊びたいのはやまやまなんやけどなぁ」

「へぇ〜？　そんなこと言って凪さま、黒狼さまのお屋敷に出入りするようになってからちっともわっちに会いに来てくれんくなりんした。それがもう、寂しゅうて寂しゅうて……」

女の軽く結われた髪から僅かに見えるのは、耳ではなく、美しく煌めく魚のヒレ。よく見ると、袖口から覗く手のひらにも水かきのようなものが付いているのが分かる。

青い瞳と、身体を彩る輝かしい装飾は異国の熱帯魚を彷彿《ほうふつ》とさせた。おしろいが塗られた肌によく映える、真っ赤な唇が凪の耳元に近付き、妖艶に動く。

「ねぇ？　だからお願いしんす。じゃないとわっち、寂しゅうて死んでまう」

「……琳魚、いくら僕に媚びを売ったところで、識は落ちひんで」

「……っ！」

りんぎょ、と呼ばれた美しい女は、凪がそう言うと顔を強張らせた。

「ああ、将を射んとする者はまず馬を射よってやつか。いじらしくて、苛めたくなるわ。急いどる時とか、特になぁ」

「……っ」

凪のまとう雰囲気が変わり、ぞくりとした。こうして近くにいると余計に感じる、香りの僅かな変化。

琳魚もそれを感じたようで、じり、と後ずさりをした。

「……ふふ、そうでありんすか。ほんに、それは失礼しんした。黒狼さまにも、どうかこの琳魚をごひいきにとお伝えくんなまし」

一瞬口惜しそうに顔を歪めた琳魚だったが、すぐに表情を変え、花がこぼれるような笑顔を見せた。

あどけなさと色気が混じり合ったその優美さに、香夜は思わず見とれてしまう。

琳魚は凪に向かって膝を曲げて小さく礼をすると、軽快な下駄の音を響かせて通りの喧騒へと歩いていった。

やがて姿が見えなくなった頃、凪が口を開く。

「……あれは、この城下町で身売って日銭《ひぜに》稼いどる遊女や。琳魚は人間界の島原《しまばら》で生まれた妖で、忌《い》み子としてそれはそれは惨《むご》い目にあったらしい。やから、ああ見えて人間を誰よりも恨んどる子や。姫さんがここにおることとバレんくてよかったわ」

惨い目、という凪の言葉に顔を歪める。

島原といえば、言わずと知れた京の花街だ。妖の世と人の世の境界が無かった頃と比べると今では公家《くげ》の出入りも他の繁華街へと移り、何時《いつ》ぞやの盛況《せいきょう》ぶりが嘘のように衰えたという。知識として知っているだけで、香夜もその名前を直接聞くのは初めてだった。おそらく、今は街として機能していないのではないだろうか。

容姿や器量を何よりも重んじるはずの花街——それも人間界に生まれた妖がどのような境遇をたどるのか、想像しただけでも恐ろしかった。

「……妖が、人間界で生まれることもあるんですね」

「少し前まではな、琳魚みたいな妖は人間界で生まれた妖として、常夜でも虐げられとったんよ。でも、どんな妖でも侮蔑《ぶべつ》されることなく住めるようにって、識がこの城下町をつくったんやで」

「識が……？」

「そう。識が常夜頭になってから、色んなことが変わったわ。例えば、あの角の出店、見える？　知能ある言葉を喋ることもできん低級が、中級と仲良く酒飲んどるやろ。前まではあり得んかった光景や」

そう凪が指さした方向を見ると、和傘に目玉が一つ付いた妖と人型の頭巾《ずきん》をかぶった妖が賑やかにお酒を酌《く》み交わしていた。

識がこの光景を作った。

その、あまりに印象とかけ離れた話を信じることができず、香夜はしばらく出店の光景を呆然と眺めていた。

「そのせいか、識は色んな妖から大人気や。見てくれも整っとるし、跡継ぎを産ませてくれって交配を頼み込んでくるのも多い。さっきの琳魚もその類やなぁ」

「こ、交配……」

凄まじい世界だ。

常夜を統べる妖の当主ならば当然のことなのかもしれない。それでも、跡継ぎなどの話が人間界と変わらず存在することに驚いた。胸がほんの少しざわめいたような気がして、香夜は胸に手を当てる。

――きっと、知らなかった一面を知って驚いただけ。

そう自分に言い聞かせ、小さく頷く。

あれこれ話しているうちに大通りからは少し離れた路地にたどり着いた。

凪が足を止めたのは、格子《こうし》が外れ、ボロボロになっている廃屋《はいおく》の前だった。

看板が屋根に括《くく》りつけられているが、錆びていて文字を読むことができない。

「おぉ、あったあった、ここや。おーい、伊織《いおり》〜！」

呑気な凪の声が辺りに響き渡る。

しかし、特に何も起こらず目の前の家は静まり返ったままだ。

「伊織ー？　おるんやろ、分かっとるで」

懲《こ》りることなく、凪が力強く格子窓を叩くが、中から返事はない。

叩くたびに崩れていく窓と外壁《がいへき》にハラハラする。

「あー……周りに妖もおらんし、ちょっと姫さんも呼んでみてくれん？　多分僕やからって居留守使われとるわ」

「え、でも私、会ったことも……」

「いいからいいから、伊織ーって大きい声で呼んでみ」

香夜の言葉を遮るようにして言う凪の勢いに押され、何も言えなくなってしまう。そもそも灯りすら点いていないこの家。これは本当に留守なのではないだろうか。

「……い、伊織……さん！」

腹をくくった香夜がそう呼ぶと、中からかすかに物音が聞こえた。

そして数十秒ほど沈黙が流れ、色の剥げた正面の扉がゆっくりと開く。

「……はぁ、何？　嫌がらせ？　冷やかし？　てか、あんた誰」

抑揚《よくよう》の無い声でそう言って、今にも崩れ落ちそうな廃屋から出てきたのは、気怠そうにこちらを見る生気の無い目をした男だった。

「えぇ？　ひどいわぁ、伊織の幼馴染であり大親友でもある僕がはるばるこうして訪ねてきたんに」

「そこの間抜け面して突っ立ってる女に聞いたんだけど。というか、相変わらず他人を不快にさせる天才だなお前は……。はぁ、凶日《きょうじつ》だ……、やっぱり昨日水神《みずがみ》のところでお祓《はら》いしてくるんだった……」

何もない空虚《くうきょ》を見上げながらブツブツと呟き続ける男と、にこやかなまま屈託なく笑っている凪をポカンと見つめる香夜。

中から出てきた男は今までに会ったどの妖とも違う、不思議な雰囲気をまとっていた。

薄い墨色の髪は肩まで伸びており、毛先の方に小さく輝く石が二つずつ付いている。純白のシャツに黒いスラックスという恰好は、洗練された軍服のようでもあった。しかし、活力がまるで感じられない表情と声色が邪魔をし、どうにも締まりが無く見える。

すると、空気を割るようにして凪が口を開いた。

「今日は伊織にしか頼めんことがあって来て……」

「大体俺が人嫌いなの知ってるだろ、人というか、計算外の動きをする知的生命体全てが嫌いだけど」

「え、話聞いてくれん？」

「てかなんなの、この人間。すごい匂い放ってるけど、お前の女？　もっと弁《わきま》えさせろよ。俺、こういう見境なく匂い放つ女、特に苦手」

うげ、と言いながら軽く舌を出し、嫌悪感丸出しの表情でひらひらと手を横に振る男の横で、ものの見事に全ての話を遮られた凪が頭を抱えて意気消沈《いきしょうちん》していた。

「ご、ごめんなさい……」

あまりの拒絶ぶりに香夜が思わず謝ると、伊織と呼ばれた男はさらに顔を歪めてそっぽを向いた。

「謝るくらいなら早く帰って。面倒ごとはお断りだ」

そう言って香夜の方を見ようともせず扉を閉めようとする伊織の手を、凪が間一髪で止める。

「まあまあまあ、仲良くいこうや。伊織もそんな態度ばっか取っとったら嫌われるで？　やから話はちゃんと最後まで……」

「俺はとっくにお前が嫌いだけど」

「もうなんやこいつ！　話聞け言うとるやろ！　……いや、違くて。伊織、この子花贄の姫さんや」

「はぁ……？　花贄がなんでこんなとこに」

「識が、殺さんかった子や。呉羽が関係しとるかもしれん。分かるやろ？　緊急や。今すぐ守護のまじないをかけてやってほしい」

凪がそう言うと、何を言っても変わらなかった伊織の顔色がほんの僅かに変化した。

といっても、眉間に少し皺が寄った程度ではあったのだが。

伊織は眉をひそめたまま、香夜を心底面倒くさそうに見下ろした。

「……凶日だな」

ポツリとそう呟き、腹の底がひっくり返るのではないかと思うくらいのため息をついた伊織はそのまま家の奥へと入っていってしまった。

「入ってきてええよってことや。じゃ、遠慮なく入ろか。ごめんな姫さん、嫌な思いさせて」

「いえ、私は全然……あの人が、土蜘蛛……ですか？」

凪は確か、土蜘蛛のことを、城下にいる妖の中でも特に強い力を持つ黒狼派の妖だと言っていた。

「あぁ、伊織は黒狼とか烏天狗に並ぶ大妖怪、土蜘蛛の当主や。ついでに僕らの幼馴染な。昔はあんなにひねくれてなかったはずなんやけど……うわ、ここほんまに崩れてきそうやん……」

お世辞にも一族をまとめ上げる当主という風には見えなかったが、人は見かけによらないらしい。遠慮することなく、ずかずかと中に入っていく凪を追い、香夜も恐る恐る家の中へと入る。

中は狭く入り組んでおり、至る所に古びた本が積み上げられていた。

少し身体がぶつかっただけで雪崩《なだれ》が起きそうだ。

「土蜘蛛は代々常夜頭に仕えとる一族で、謀術《ぼうじゅつ》や暗殺術なんかを得意としとるんよ。やから、情報収集するのにも長《た》けとる。常夜頭の御庭番《おにわばん》みたいなもんや。それなんに城下の端っこで引きこもってばっかりおるけどな」

「御庭番……」

低い天井には電球色の蛍光灯が一つ、むき出しになってぶら下がっている。

そのわずかな灯りに照らされて、部屋の中の埃がちらちらと舞っているのが見えた。

外観もかなり寂れていたが、こうして中に入ってみても、誰かが住んでいるとは到底思えない乱雑さだ。

「……何も知らないやつが好き勝手言うなよ。こと情報を集めることに関しては、城下の果ては最適の場所だ」

声の聞こえてきた方を見ると、伊織が椅子に座ってふてぶてしくふんぞり返っていた。

他に椅子は見当たらず、辺りには本の山と書類の束が無造作に置かれているのみ。お前たちをもてなす気はさらさら無い、という気持ちが、この男の節々からにじみ出ている。

ふと、香夜の背丈よりも高い棚に詰められた薬瓶が目に入った。

異国の文字が書かれた色とりどりの瓶が、数えきれないほどに並んでいる。

「あんまり無闇にうろつかないでくれる？」

「……！」

香夜が棚に手を伸ばそうとした瞬間、後ろから聞こえた声。

こわごわと振り返ると、先程までそばの椅子に座っていたはずの伊織が香夜のすぐ後ろに立っていた。

机の上の蝋燭《ろうそく》の炎が反射し、煌めいて見える伊織の髪が、さらりと香夜の肩にかかる。

声を掛けられるまで、全く気配を感じなかった。

髪色と同じ透き通った墨色のまつ毛が瞬き、香夜を睨みつける。

「……あんたが、呉羽と関係があるかもしれないって？　……確かに、こうして近くで嗅いでみると似てるな、匂いが」

首筋に、伊織の息がかかる。

低い声でそう囁かれ、じわりと背筋に汗が伝うのが分かった。

識や凪の魔力を感じた時にも感じた強い香り。

思えば、それぞれ違う花の香りがしたのだが、伊織もまた独特の香りを放っていた。

清廉さと毒気が融合した、ほのかな甘さを感じるこの芳香は――。

「……水仙《すいせん》の、香り」

香夜がそう呟くと、伊織はその三白眼《さんぱくがん》を少し見開いてみせた。

「……へぇ。嗅ぎ分けができるんだ。は、困ったな。信憑性《しんぴょうせい》が増してしまう。識の花贄が……呉羽と関係あるかもしれないなんて、笑い話にもならない」

そう言って、伊織は長いまつ毛を伏せ、ゆっくりと瞬きをした。弧を描く口元とは逆に、目が笑っていないのが見て取れる。

しかし、妙な色気を感じるその仕草に香夜はサッと目を逸らした。

「あんまり姫さんに近付かんといてくれん？　伊織って力加減できひんやろ、見とると肝冷えるわ」

香夜の背後から手を伸ばし、棚の中にあった器具を手に取った伊織に凪が言う。

すると、伊織はそのまま何も言わずに香夜から身体を離した。

感じていた強い香りも、緊迫感も、伊織が身体を離した瞬間薄らいでいく。

今、伊織は香夜の言葉を聞いて、嗅ぎ分けができるのかと言っていた。

屋敷で感じた識の強い香りを思い出す。確か、センリの姿を見失う前にも凪から香ってきた花の芳香。センリは、その香りの変化に気が付いていない様子だった。

「ずっと、妖は独特な香りを持っていると……思っていました。識も、凪も……力の気配を感じた時は、いつも花のような香りがしたんです」

「はは、それはすごいな、逸材《いつざい》や」

いたずらな笑みを浮かべてこちらを見る凪を見て、ハッとする。

そうだ、凪は鼻が利かないと言っていた。確か、他の妖の魔力を感じ取ることができないと。

ということは、香夜が今感じているこの香りが、妖の放つ魔力そのものであるということなのだろうか。

「……魔力を〝香り〟で感じ取るなんて、人間ができる芸当じゃない。……呉羽はできてたけどな。あんたがどんな匂いを感じてるのかは知らないけど」

手元の器具を使い何やら作業をしながら、淡々とそう説明する伊織を見て少し意外に感じた。質問しても、こうして丁寧に答えてくれるタイプではないと思ったからだ。

すると香夜の視線に気が付いたのか、伊織が怪訝な顔をしてこちらを振り向く。

「何？」

「すみません……教えてくれて、ありがとうございます」

積まれた資料や薬瓶を見るに、ここでは研究のようなことが行われているようだ。

香夜が資料に目を落としていると、凪が思い出したかのように口を開いた。

「あぁ、土蜘蛛の稼業《かぎょう》は隠密活動やけど、伊織は常夜の医者みたいなもんや。ことさら、まじないをかけることに関しては、伊織の右に出るもんはおらん。僕や識も、伊織がかける守護にはかなわんのや。はは、そこら中趣味悪い薬瓶だらけやろ？　稼業放置してこんなとこで引きこもっとるさかい、こんなに生気無い目しとるんとちゃうか？」

「……喧嘩売ってんの？」

先刻まで伊織が座っていた椅子に座り、自前のものらしき湯呑でお茶を啜《すす》る凪。

そしてその様子を、死んだ目をしながら見ている伊織。

傍からみてもひしひしと感じる。あれは心から帰ってほしいと願っている顔だ。

「……まじないの準備はできた。だけど、守護をかけてやるのはこの女が本当に呉羽と関係があるかどうか調べてからだ」

「ええ？　そんなけち臭いこと言う？」

「うるさい黙れ。俺が対価に見合わない仕事をしないことくらい知ってるだろ。タダ働きは死んでも御免《ごめん》だ」

口をとがらせる凪に舌打ちをして、伊織は香夜に近付いた。

毛流れのいい毛先に付けられた藍色の宝石が揺れ、燭台《しょくだい》にのせられた蝋燭の動きに合わせて光る。

「ほら、腕を出して。血縁以上の深い縁を調べるには、血を採取しなきゃいけないんだ。それも少量じゃ足りない。深い傷を付けないとな」

いつの間に出したのか、短刀を片手にそう言って笑った伊織に、香夜は面くらう。

しかし、凪や識の幼馴染だという彼が、ひどく香夜を傷付けるような真似はしないはずだ。伊織を信じ、素直に腕を差し出すと、上から息をのむ音が聞こえた。

凪が椅子に座ったままこちらを見て、何故か満足気に笑みをこぼす。

「なぁ伊織、おもろいやろ、この子。伊織の口車に乗せられん素直さを持っとるわ」

そのままクスクスと笑い続ける凪を、じろりと睨んだ伊織が苛立たしそうに舌打ちした。

「何も面白くないな、むしろ最悪だ。あんた、……花贄の女」

「……香夜、です」

「あんた、何なの？　俺が怖くないわけ？」

名前を言ったにもかかわらず、綺麗に聞き流した伊織は香夜の返事を待たずに続ける。

「……人間は、馬鹿正直で、思い通りにいかないから嫌いなんだよ。あぁ、嫌いだ、嫌い。勘弁してほしいね」

平坦な口調でそう言った伊織の目は、深い嫌悪の色に満ちていた。

伊織はそのまま、何を言っているのか分からず戸惑う香夜にため息をつくと、刀の代わりに針を取り出しこちらに向ける。

「腕、しまえよ。手のひらだけでいい」

「……え？」

「手だよ、手。何度も言わせるな」

「は、はい……！」

伊織に言われるがまま手を差し出すと、伊織は持っていた針を香夜の指先に突き刺した。

軽い痛みが走ると共に、豆粒大の血液が滴り落ちる。

「……っ」

針が刺さった部分からこぼれ落ちる香夜の血液を、伊織はスッとすくい取り、白銀色の液体が入っている小瓶へと流し入れた。

香夜の血液を飲み込んだ白銀の液体が小瓶の中で小さな渦を巻き、徐々に色を変えていく。

伊織はその小瓶を手にしたまま、中身に向かってフッと息を吹きかけた。

すると伊織の吐いた息がまるで蜘蛛の糸のようになり、瓶の中、液体と混ざり合って膨張《ぼうちょう》する。

「このまま少し待ってたら、全て分かる。……呉羽のことも、気になってるんだろ。気になるなら、そこの天狗に聞け」

伊織はそう言うと、何回目か分からないほどの長いため息をついた。

「……はは、そうやな、まだ言っとらんかったな。呉羽は、今から百年ほど前、常夜で誰よりも強かった黒狼の頭領……識の親父さんの、花贄やった人や」

伏した目をした凪が、手に持っていた湯呑を机に置き立ち上がった。

──識のお父様の……花贄だった人。

心の中が、かすかにざわめいた。凪が散らばった紙の山に手をかざすと、どこからともなくふわりと風が吹き付ける。

柔らかい風が一枚、紙を拾って、凪の手のひらへと舞い上がった。

「呉羽は二十歳の時に花贄として常夜に来たんや。それでもいつも明るくて、生贄になって喰われるつもりなんてさらさらないって先代の前で宣言するような奴やった」

舞い上がった紙が、凪の手のひらの中、一瞬かすかな光を放ち、緩やかにその身を変化させていく。

ひらりと一片崩れ落ちたのは、目を奪われてしまうほどに鮮やかな椿《つばき》の花びら。

何の変哲《へんてつ》もない一枚の紙が、目の前で美しい椿の花に変わったところを見て、香夜は思わず目を瞬いた。

「呉羽は誰よりも心が強くて、いたずら好きで、ただそこにおるだけで太陽みたいに周りを照らすような女やった。まぁ一言でいうと地獄みたいな女やったわ。……そんな女やったからこそ、識の親父さんも殺せんかったんやろな。先代の奥方……識の母親は、識を産んですぐに亡くなっとった。その穴を埋めるっていったら聞こえ悪いけど、二人は目に見えん縁みたいなもので結ばれとったんやと思う。傍から見とっても、先代と呉羽が確かに愛し合っとったのが分かった」

静まり返った室内に、凪の声だけが響く。

凪が椿の花を愛でるように指を動かせば、ひらひらと簡単に崩れていく深紅の花びら。

その光景は、鮮血が風に舞っているようにも見えた。

「そんな時、識の親父さん……先代が、急死したんや」

「……ちゃんと、花贄をめぐって起きた勢力争いに巻き込まれて死んだって言いなよ。……先代が花贄を殺さずに寵愛してることを知った敵勢力が、隙をついて攻めてきたってね」

「……おい、伊織」

言葉を失った香夜を見て鼻で笑った伊織が、制止する凪を遮って続ける。

「花贄は、月が染まった年にしか生まれない特別な貢物だ。花贄を喰えるか喰えないかによって常夜頭の格が変わると言ってもいい。だからこそ〝寵愛の花贄〟は災いを呼ぶと言われてた。寵愛された花贄は、常夜頭の唯一の欠点になるからな。花贄を殺さずに生かしておいた先代は異例だったんだ。今までの花贄は、皆ほとんど、種族繁栄のために喰われて殺されてた。先代も、あんな女、さっさと殺しておけば……」

龍愛の花贄。先代の常夜頭に愛されていた呉羽が、争いの火種になった。

憤りがにじんだ伊織の言い方はまるで、花贄である呉羽を殺さずに愛したせいで識の父親が死んだと言っているようだった。

「……先代が死んだのは、呉羽のせいじゃない。花贄を寵愛したせいでもない。そこだけは、はき違えたらあかん」

真っ直ぐに伊織を見てそう言った凪から目を逸らし、伊織は何度目かの舌打ちをした。

「……ごめんな姫さん。話戻すな。先代が死んだ時、確か呉羽は二十九歳かそこらやった。先代が死んで、人の世でも妖の世でも生きるのが難しくなった呉羽は、他の妖から狙われんように僕らでこっそり匿うことになった」

椿の花が、芳香を放ちながら一片ずつゆっくりと崩れていく。

「そして、次の常夜頭に選ばれたんは、先代に次ぐ魔力を持っとった妖、識やった。識はそん時、弱冠《じゃっかん》十歳で常夜頭についたんや」

静かに落とされる凪の声が僅かに揺れる。

「はは、そんな歳で常夜頭に選ばれるんは珍しいことやったんやで？　幼馴染として、鼻が高かったわ。なぁ、伊織」

凪が話を振ると、それまでずっと黙っていた伊織が不機嫌そうな顔をして顔をそむけた。まるで過去を振り返ることを拒絶するかのように。

「その頃を境に、識はそれまで以上に孤独になってった。親を亡くしたあげく、若い常夜頭を懐柔《かいじゅう》しようと色んな大人がすり寄ってきたからな。……やけど、識には呉羽がおった」

そう言った、凪の声色が心なしか柔らかいものへと変わる。

「呉羽は他の妖たちと違って、識のことを色眼鏡で見んかった。まあ、妖じゃなく人間やったせいもあるんやろな。随分と歳が離れとる僕らとも、呉羽は同じ目線で遊んでくれた」

香夜の胸の奥で、小さな痛みが走るのが分かった。幼い識や凪たちが、一緒に遊んでいる光景が脳裏に浮かんできたからだ。

――識は、呉羽さんを慕《した》っていたのかしら。

今までモヤがかかっていた〝呉羽〟という人物像が、凪の言葉によって段々と明らかになっていく。

「呉羽は僕らに色んなことを教えた。人間界での暮らし方、いたずらのやり方、僕らが知らん人間界の遊びまで。伊織は呉羽を嫌っとったみたいけど」

「……大嫌いだね。あの女、人間のくせに俺からまじないを学ぼうとしてた。……教えてやったらやったで、途中で飽きたとか言っていなくなるんだ。呪ってやろうかと思った」

そう言う凪と伊織は両極端な表情をしていたが、両者とも過去の日々を懐かしむように言葉を紡いでいた。

「そんな日々も、長くは続かんかった。……呉羽の存在が、外部に漏れたんや」

凪がそう言うと同時に、その身を震わせ、最後の一片を散らす椿の花。

「当時、黒狼派として屋敷に仕えとったご老中どもは呉羽の処遇について意見した。……花贄の血肉は、妖の魔力を高める効果がある。常夜頭じゃない妖にとっても、恩恵はあるんや。やから、黒狼派の妖で呉羽をきっちり〝分配〟しようとかいう話をしとったわ。当然、識は呉羽を人間界に逃がそうとした。でも……」

机に落ちた深紅の花びらが、枯れてくすんでいく。

花贄を分配する。その、身の毛もよだつような言葉にぞくりとする。

「忘れもせん、ちょうど今日みたいにお月さんが綺麗な日やった。突然、黒狼の屋敷で乱心騒ぎがあったって聞いて伊織と飛んでいったんや。そしたら、身体じゅう血まみれにした識がおった。座敷の中、識だけが呆然と座り込んどった。血の池の中で、誰かを抱きしめながら」

凪の語尾が再びかすかに揺れた。

目の前で枯れていく椿の深紅が、少しずつ、少しずつ灰になり空気と同化する。

これは、凪が思い返している識の残像《ざんぞう》なのだろうか、香り立つような桜の香りが香夜の脳内にまで入ってくるのが分かった。

「識が放心状態で抱きしめとったんは、呉羽やった。どれくらい経っとったんかは分からん。呉羽だけじゃなく、そこにおったもんは識以外ほとんど綺麗に死んではったわ」

「……っ、どうしてそんなことが」

「裏切りがあったんや。黒狼の傘下におった九尾の狐が、呉羽を狙って奇襲かけた。……まぁ、失敗に終わったみたいやけどな」

九尾の狐。黒狼派と対立している空亡の頭領だと言っていた妖だ。

「……呉羽はきっと、自分が逃げるよりも先に識を守ろうとしたんやと思う。座敷に、まじないの跡が残っとった。あの日二人の間でどんな会話があったんかは分からん。ぐったりとした呉羽を抱いた識は僕の問いかけにも、伊織の言葉にも反応せんかった。ただ一点を見つめたまま、あるべき心を失っとる様子やった」

「……力を持たない人間が、妖の軍勢に立ち向かえるわけがない。……俺が、まじないを教えたせいで、あの女は中途半端に力を持って、死んだ。人間が、妖を守ろうとするなんて馬鹿みたい。……あんなもの、教えてやらなければよかった」

伊織が言葉を落とすと共に美しく咲き誇っていた椿の花が、全て黒ずんだ灰へと変わった。

胸が切り裂かれるように痛んだ。

識が、心を絞るように囁いた名前の真実を、今知ってしまったのだとどこか他人事のように思った。

「識は、数少ない味方に裏切られて、唯一心を開いとった呉羽まで失った。僕が知っとる識は未だにあの頃の、あの時間、あの場所に囚われたままや。血まみれで呆然と座り込んどったまま、抜け出せん闇の中におる」

凪が吹かせた柔らかい風が、机の上の灰を巻き上げる。淡い香りが香夜のところまで届いた。

すると、伊織が静かに口を開く。

「……少なくとも、死体は一つ、蘇ったみたいだ」

伊織の言葉に、凪の表情が変わった。

香夜の血液が入った小瓶の中身はいつの間にか黒い溶岩《ようがん》のようになっており、伊織が出した蜘蛛の糸と絡まりあって形を変化させていた。

その形は、例えるならば――大輪の花。

「――呉羽だ。生まれ変わりとかいうレベルじゃない。あんたの中に、呉羽の魂が眠ってる」

吐き捨てるようにそう言った伊織の声が、やけに鮮明に香夜の脳裏に響き渡った。

「私の中に……呉羽さんが……？」

香夜の声が震える。一体どういうことなのか、と続けようとしたその時。

伊織の眼光が一瞬強くなり、身体の近くで何かが素早く動く気配がした。

目に見えない速さで香夜の顎先に小刀を向けた伊織が、瞳孔を開き切ったままこちらを見ていた。

突然のことで反応することができず、短く息をのみ込んだ音が香夜の喉を鳴らす。

「今まで何の自覚症状も無かったわけ？　魂の……断片のようなものが、あんたの中に丸々残ってるんだ。言い換えるならあんたは、外側だけ変えた呉羽本人って言ってもおかしくない。何の記憶も無いっていうのはさすがに不自然だろ」

「……そんな、何も知りません……！　私は、本当に！」

呼吸するのも憚られるほどの距離に這わせられた鋭い小刀に、香夜はそれ以上の言葉を失う。

――私の中に、違う人間が眠っている？　外側だけ変えた、本人そのもの？

言っている意味が何一つ分からず、香夜の目尻にじわりと涙が浮かぶ。

「……気でも狂ったか伊織、その手どけろ」

そう言って凪が伊織の肩に手をかけた瞬間、香り高い風が室内に吹き込んだ。一秒と経たずして凪の周りに渦巻いていくのは、怒りの色を含んだ魔力の香。

伊織と凪、二人の濃い香りを感じる。花の芳香だけで気を失ってしまいそうなほどだ。

「凪こそどうかしてるんじゃないの？　寵愛の花贄は、災いを呼ぶ。これでよく分かっただろ。識は、花贄が呉羽だったから殺せなかったんだ。先代も、花贄を愛したせいで死んだ。そうじゃなきゃ、あんなに強かった妖が呆気なく殺されるわけがない」

伊織が持った小刀が香夜の皮膚に触れ、ふるりと震える。

この気配は、本気だ。本気で、香夜を刺そうとしている。それが容易に伝わってくる。

「……この子は、識の花贄や。識に花贄を殺す気が無いなら、僕らはそれを尊重してやらなあかん。僕らがどうこうしていい相手ちゃう」

「花贄だから何？　識は月夜見の呪いにかかってるんだぞ。さっさとこの女を殺して無理矢理でも識に喰わせればいいだろ。識が、こいつを殺せないなら、いっそ俺たちの手で！」

叫びにも似た伊織の声。伊織もまた、識が月夜見の呪いにかかっていることを知っていたのだ。処理できないままぐるぐると迷走した脳内で、凪と伊織の声が反響する。

「おい、いい加減にせぇよ。呉羽は今関係無いやろ、姫さんを殺す理由なんて無い」

凪の気配は完全に敵を前にしたそれである。

低いところで息を吐き、風が吹き付けるたびに凪の香りが強まるのが分かった。

「目を覚ませよ、凪。俺たちは常夜頭の側近だ。識の命が最優先だろ。どうしてこの女を生かしてる？　わざわざ俺のとこまで連れてきて、何が目的だ？　俺はこの女が花贄だと知った時点でこうして始末するつもりだった。だから中に入れたんだよ」

伊織は依然《いぜん》として鋭い刃をこちらに向け、冷たい眼差しで香夜を見下ろしていた。

手のひらに収まるほどの小刀は上を向いており、それが単なる脅しではないことを強調していた。

「はは、僕かて驚いとるんやで、びっくりしすぎて内臓出そうやわ。せやけど、いくら呉羽が中におるって言うたって、姫さんは姫さんや。気配だって別もんや。それに、僕が守るって約束してもうたさかい」

「……答えになってないんだけど」

呆れたようにそう言うと、伊織の小刀を持った手が僅かに下がる。

「待って、ください……私の中で、呉羽さんが生きてる……？　それは、どういうことですか？」

矢継《やつ》ぎ早に、香夜の口から言葉が溢れ出す。すると、伊織が無表情のままこちらを見た。

「そのまんまの意味だよ。呉羽が目を覚ましたら、あんたの意識は消えて無くなるはずだ」

伊織の返答に、頭が真っ白になる。理解しようと思ってもできなかった。

もし、自分の中に眠っているという呉羽が記憶を取り戻してしまえば——。

もし彼女が意志を取り戻し、長い眠りから目を覚ましてしまったとしたら、ここにいる自分はどうなってしまうのだろう。

意志は。感情は。全て、束の間の夢を見ていたように、消えて無くなってしまうのだろうか。

「……識は、呉羽の面影をずっと追ってたよ」

先程の殺意がこもった気配は消え、伊織が力なく呟いた。

そう言った伊織の手のひらの中、握りしめられたままだった小刀がカラリと地面に落ちる音がした。

伊織はそのまま、ゆっくりと凪と香夜の方を見て、再び口を開いた。

「……識がこの女を殺せないなら、俺たちで殺してやるべきだ。識の呪いが発現したのは、もう八年も前だぞ。月夜見の宝玉に何を願って代償を払ったのか、あいつは死んでも言わないと思う。……だけど、対処法がもう花贄の血しかない。このまま放っておくと、識は呪いが進行して確実に死ぬ」

識の呪いが発現したのは八年前――香夜の父が死んだ年と同じだ。

伊織の言葉で、識の身体中に広がっていた痣を思い出し、血の気が引いていく。

「それを抜きにしても、もし花贄を殺せないことが黒狼と対立してる勢力に知られたら？　また、先代の時と同じことが起こるぞ。そうすれば、月夜見の呪いのこともいつかは公になる。花贄を殺せず、呪いに侵された黒狼を攻め落とすなら今だと総力戦をしかけてくるに決まってる」

そう言って、顔を歪ませて切なげに笑ってみせた伊織が、香夜をゆるりと見る。

髪色と同じ、薄墨色の瞳には呆然と立ちすくむ香夜自身が映っていた。

しかし、その目は香夜を通して、他の大切なものを見ているかのように色を変えた。

伊織は、その手で香夜を殺すことで識を救おうとしている。生気がなかった彼の瞳が、今は切なさを伴って揺れていた。

やっと、識が香夜を殺さなかった理由を真正面から理解した。

苦しさと哀切、そして焦がれるような愛おしさを孕んだ瞳に何を映していたのか。

識は、香夜を見ていたわけじゃない。香夜を殺さなかったのではなく、殺せなかったのだ。

かつて一度失った大切な人に混じる香夜を排除したくても、それがかなわない苛立ち。再び失ってしまえば、またいつ生まれてくるか分からない焦燥。

心の一部、最も深い部分をもぎとられたかのような痛みを感じた。

いや、そもそも——自分は、識に、あの恐ろしい黒狼に、何を望んでいたのだろうか。優しい温もりをくれた識の手を取り、寄り添いたいと思った。苦しそうに瞳を揺らす識を、救ってあげたいと思った。『呉羽』という名前を識の口から聞いた時、堪えがたい痛みが胸に走った。

「……あ」

香夜の頬に、一筋の涙が伝う。それは、瞬きと共にこぼれ落ちた無意識の涙だった。

——そうか、私は識に、恋をしていたのね。

そのことにすら気が付かなかったくらい、長い間自分の心と向き合ってこなかったのだと、愕然とする。できることなら、この心に気が付かないままでいたかった。そう思いつつ、胸の奥で彼を呼んでしまう自分がいた。識、と心の中で呼ぶたび、情けなく鼓動が呼応する。

心に疼く痛みが、嫌でも教えてくれる。あの射るような深紅の瞳に、自分はとっくに魅入られていたのだということに。識に救われ、優しさを知り、あっけなく心を奪われてしまったのだ。彼が向ける優しさが別の人に向けられているという事実を知ってもなお、心がどうしようもなく識を求めていた。

──こんなの、悪夢以外の何物でもないわ。

その時、ふわりと、沈丁花の香りがした。

顔を上げた瞬間、香夜の身体は凪の大きな胸に抱き寄せられていた。温かな感触と、凪の淡い香りが香夜を包み込む。

香夜の肩を抱いたまま、優しく微笑む凪に、思わず目を瞬く。

凪は柔らかく香夜を抱き寄せたまま、伊織の方へ顔を向けた。

「……この子を殺す必要は無い。殺させへん。僕が伊織のところにこうやって来たんは、ただ呉羽のことを確かめてもらうためだけちゃう。伊織には〝こっち側〟についてもらいに来たんや」

凪の腕の力が強まり、香夜の身体は一層彼の逞《たくま》しい胸に押しつけられる形になった。

そっと上を見上げると、視線に気が付いた凪が緩やかに笑い、香夜の頭を撫でた。

すると、伊織の方から軽い舌打ちが聞こえた。

「……はぁ？　視覚的に不快度が増しただけなんだけど。言っとくけど、お前も一緒に始末することに何のためらいも感じないよ俺は」

「あ？　伊織が脅すのが悪いやろ。……いや、ちゃうて。話最後まで聞け。空亡の書の切れ端が見つかった。……黒狼を裏切って呉羽が死んだあの日から、姿をくらましとった九尾がやっと尻尾見せたんや」

香夜を抱きしめたまま、そう口にした凪。

すると、険しい顔をしていた伊織の表情が一変する。

「……空亡の書だと？」

「ああ。それに香夜ちゃんは、呉羽に深く関係しとる花贄やで？　九尾が食いつかんわけない。これは逆に、あいつらを根本から叩く絶好の機会やろ。伊織、こんなとこで誰とも会わずに過ごしとっても、あの頃の日々は戻ってこん。常夜の膿《うみ》を出さん限りな」

凪の声が低くなり、表情も真摯《しんし》なものへと変わる。

香夜は凪の身体の中で少しもがき、緊迫した表情を浮かべる伊織と凪を見て口を開いた。

「えっと、凪……」

「あぁ、ごめんな苦しかった？」

「いえ、いつまでこうしているのかなって……」

香夜がそう言うと、凪は少し考え込むような仕草をした。

抱きしめる腕を解く気は無いようで、香夜は心の中で、疑問符を浮かべる。

最初は柔らかく背に回っていた手も遠慮が消えて力が増し、今では香夜の頭の上に顎を置いている始末だ。

「香夜ちゃんが——」

凪がそう言いかけた瞬間、何かが大きく爆ぜるような破裂音が鳴り響いた。

「……!?」

瞬時に身を翻し、小刀を持つ伊織と、香夜をかばうようにして自身の身体で覆い隠す凪。

聞こえた破裂音は、家の扉が吹き飛ばされた音だったようだ。風圧で蝋燭の炎が消え、辺りを照らす光源は月明かりのみとなる。立ち込めた砂埃の中に、ぐにゃりと曲がった扉と煌びやかな鱗粉が見えた。

「……蝶」

小さく呟いた香夜の声に、凪がピクリと反応する。

暗闇の中、きらきらと光る蝶が香夜の肩に止まり、穏やかに吹く夜風の中に消えていく。その見慣れた輝きに、心が疼くのが分かった。

——彼が、近くにいるのかしら。

そう思って無意識に外の方へ顔を向けようとした時、桜の香りが鼻孔に届いた。凪のものとも、伊織のものとも違う、このかぐわしい香りは——。

「……反吐《へど》が出るような光景だな」

身体に響く、低い声。視界の端で羽織が揺れ動く。吹き飛ばされた扉の向こうに立っていたのは、美しき黒狼、識だった。

「……は？　識？　なんでここに――」

目を見開き、そう言った伊織の言葉が止まる。

いや、伊織だけではなく、その場にいた全員が息をのんでいた。識から漏れ出す苛立ちの匂いと、膨大な魔力量に。

実際、この瞬間、識はほんの少し息を吐いただけだったように思う。しかし、その一瞬の間に、全員が地面に横たわる自分の死体を見たような錯覚に襲われた。

識の苛立ちは、香夜に向けられたものではない。それでも、とっさに死を意識せざるを得ないくらいに澄んだ殺意だった。

「……俺が不在の間に随分と手懐けられたようじゃないか、凪。香夜から手を離せ」

識が、凪と香夜の元へゆっくりと歩いてくる。

途中、その赤い瞳に睨めつけられ、ドクリと心臓が跳ねた。

識が凪と向き合うように立つと、黒々しい瘴気がうねって空気が震え出す感覚がした。凪は正面に立った識を一瞥すると、香夜の肩をつかんだまま、はは、とわざと茶化すようにして笑う。

「……へぇ。そうか、ここで邪魔されるんや。……えらい久しぶりやなぁ、識」

「俺は今、手を離せと言ったんだ。……香夜に触れるな。そんなに殺されたいか？」

そう言った識が羽織を翻し、香夜の腕をつかむ。

「……っ！」

識はそのまま香夜の腰へと手を這わせ、ぐいっと引き寄せた。ぐらりと傾いた重心に変な声が出る。呆気にとられた伊織と、慌てたように顔色を変える凪がやけにゆっくりと動いて見えた。

「おい、待て識！」

「……黙れ。ここで殺されなかっただけでもありがたく思え」

「香夜ちゃん連れてくつもりか!? 識、お前には色々聞きたいことが――」

「……連れていく？ 逆だ。お前たちの方に消えてもらう」

識はもう一度香夜の身体を強く抱きすくめると至極当然、と言うように首を傾げ、凪が口を開く前に腕に力を込めた。すると、濃い花の芳香が香り、ぱちんと泡が弾けたような音がした。一瞬視界が黒に染まり、トクトクと感じる識の鼓動のみが直接香夜の身体に伝わる。

ふわりと前髪を浮かせた柔らかい風に目を開いた時、そこにはもう凪と伊織の姿は無かった。

「え……嘘……消えた……？」

識と香夜だけを残して、跡形もなく消えてしまった凪たち。

何が起こったのだろうと識の方へ振り返ろうとした時、香夜の身体はまたもや強く引っ張られ、くるりと反転した。

「……っぅ！」

そのまま有無を言わさず机へと押し倒され、上にのっていた書類や本が大きな音を立てて落ちた。識の身体に組み敷かれた衝撃で、チカチカと視界が弾ける。

「なっ、何するんですか……!?」

「屋敷からお前の気配が消えたと思い、蝶を追って来てみれば……いつの間に凪と親しくなった？」

「……凪？」

識から放たれた思いもよらない言葉に、香夜は少しの間静止してしまう。

「……ああやって誰にでも尻尾を振るのだな、お前は」

識の繊細な指がスッと香夜の四肢を撫で上げる。きつく、痛いくらいに抱かれたせいか身動きが取れない。

目の前の妖が何故こんなにも怒っているのかが理解できず、香夜は頭を振った。

「……何が違うんだ？　こんなに目を潤《うる》ませて、犬のようじゃないか」

意地の悪い言い方をする識の声は低く、冷たい怒りが伝わってくる。

——どうして怒っているの……？　一体私をどうしたいの？

そう思い、識を見た。顔を上げると息がかかるほど近くにあった識の瞳と目が合う。吸い込まれてしまいそうな、深紅が揺れる。

冷酷にこちらを見下ろした識が、机の上に押し倒されたまま動けない香夜に触れる。眼差しには変わらず冷淡な怒りがにじんでいるのに、識の手つきは穏やかで、どこか艶めかしい。

このまま近付いていたら、鼓動の音が識に伝わってしまう。そう思い、身体をよじらせるが、やはり離してはくれないようだ。識は香夜の動きに眉をしかめると、こちらの動きを制限するように太腿の間に足を挟んだ。着物が捲《めく》り上がり、肌が露わになる感覚に頬が熱くなる。香夜の真っ白な脚に、識の指が食い込んだ。涙を浮かべ、嫌々と身を震わせるたび、香夜の身体は熱を帯びていく。

呉羽の代わりである自分は、こうして殺されもせず、ただ偽りの情愛を受け続けることしかできないのだろうか。想いを告げることもできず、ただ呪いに侵されていく彼を間近で感じながら。

——そんなの、ひどい。

今しがた識への感情を自覚したばかりの香夜が、自分の身に起こる異変を制御しきれるはずがなかった。それでも、香夜は、「あなたが見ているのは私ではないのでしょう」とは言えないのだ。言ってしまえば、識が目の前からいなくなってしまうような気がして、それがどうにも恐ろしかった。

「嫌……嫌、です、やめ……て」

だからか、香夜はその初めての感覚を拒絶するように彼の胸を押し返し、か弱く抵抗することしかできない。

すると、香夜の反応を静かに見ていた識がふっと口角を上げる。

「嫌？　嫌がっているようには到底見えないが……俺の思い違いか？」

「は、離して……ください。どうして、こんなことするんですか……？　血なら、いくらでも捧げます……だから、こんな……こんな風に、触れるのはやめてください」

言葉の先端が震え、ほろりと生理的な涙が溢れるのが分かった。

いっそのこと、ひどく乱暴に扱われた方がマシだと香夜は思った。これでは、生殺しのようだと。

すると、識の瞳が大きく見開かれ、示し合わせたかのように月明かりが差し込んだ。

透き通った識の肌が、浮かび上がる。常夜頭の赤い印が、香夜をおびき寄せるように照っていた。

素肌に直接感じる識の体温が気持ちよく、香夜の羞恥心を煽《あお》る。呼吸の振動にすら、ピクリと反応する身体が今は憎らしい。

浅い吐息もまた、赤く色づいているのではないかというくらいに熱を持っていた。

識は何も答えない。

どうして、何も言ってくれないのだろうか。むしろ、香夜がこうして言葉をこぼすたびに彼の表情が険しくなっているような気がする。

「……まだ、そんなことを言うのか。俺がどれだけ……」

ようやく一言発したと思えば、識は至極真剣な顔をしてそう言う。

ぎり、とつかむ力を強められた腕が悲鳴を上げている。

「……え？」

先に続く言葉を問うようにして香夜が識を見上げれば、深いため息が返ってきた。

「……俺が、どれだけお前に触れるのを耐えたと思っている。これ以上は不可能だ。今も、気が触れないよう、ぎりぎりの所で留めているくらいだからな」

そう言った識は、冷ややかな感情でも、意地の悪い笑みでもなく、子供が駄々をこねている時のような理不尽な苛立ちを表情ににじませた。

「お前を無闇に傷付けないよう、あまり顔を合わせないようにした。それなのにお前は俺の苦労も知らずに、自ら身を差し出しただろう。血ならいくらでも捧げるだと？そんなこと望んでいないと、何度言ったら分かる」

「そ、それは……」

「……あげく、勝手に屋敷の外へ出て他の男に肩を抱かれている始末だ。……凪は良くて、俺は駄目なのか？　何故そこまでして拒絶する？　自ら近付いてきたと思えば、俺が近付けばこうして逃げようとする。何故だ」

どうして逃げようとするのかと言われても、逃げたいからだと答えざるを得ない。気が付かれてはいけない、勘づかれてはいけないのだ。今もなお心臓が飛び出してしまいそうなほどに鳴り響いていることを。こんな風に組み敷かれ、責められているにもかかわらず、心から嫌だとは思っていないということを。

「……心底理解できない」

静かに言葉を落とした識が、香夜の方を見ずに続ける。

「お前はただ……俺に愛されてるだけでいい。拒むくらいなら、近付くな。……知ってるか？　俺は、こうしてお前に触れているだけで、心の中が熱くてたまらなくなるんだ。……お前は、どうすれば、俺を受け入れる？」

そう言った識は、その端正な顔をくしゃりと歪ませると、香夜の瞼にそっと口づけた。そのまま、流れた涙を優しく舐める識。

「……っ」

格子窓から入った蒸れた風が、識の香りを運ぶ。

降りだした雨の音がまるで外の世界とこちら側を遮断する暖簾《のれん》のようで、時折弾ける水しぶきの音が香夜の心臓の音を隠してくれているようだった。

心が、身体が熱くてたまらないのは自分の方だと香夜は思う。識は、自分を見てはいない。彼が見ているのは、この胸の中で眠る呉羽なのだろう。戯れに愛してやると微笑んだかと思えば、そう言ってこちらを求めるような、懇願《こんがん》するような瞳で見たりする。そんなの、ひどく、残酷だ。

心がこんなにも揺さぶられ、感情が湧き上がってくる感覚は、ずっと自分を押し殺して生きてきた香夜にとって耐えがたいものだった。

「……拒むな、身を任せろ」

「そんなの、……っ、無理です……」

「……嫌なのか？」

僅かに眉を下げ、香夜を上目遣いで見上げる識。その愛らしい幼子のような仕草に、うっ、と言葉を失ってしまう。

濡れた識の瞳には、香夜以外何も映っていない。身体を密着させ、乞うようにして香夜の頬を撫でるその姿に、冷徹な常夜頭の威厳は最早どこにもなかった。

「嫌なわけが……ないです。……それでも、識が想っているのは……呉羽さん、でしょう……？　触れられることは嫌ではありません。それでも、識に触れられるたびに、それを自覚してしまって……少し辛くなってしまうんです」

――言って、しまった。

数秒の間、沈黙が流れる。おずおずと見つめると、識は先程よりも大きく目を見開いて固まっていた。

「……呉羽だと？」

目を丸くさせてしばらく香夜を見つめていた識だったが、やがて、ふ、とため息をついて身体を離した。

全身にかかっていた識の重さが無くなり、スッと熱が引いていくのが分かる。

やっと離れてくれた。そう安堵すると同時に、刹那の喪失感が残った身体をさする。自分で触れると、ピリピリとした快感の波が身体の奥に残っていた。

押し倒されたままの香夜を抱き上げ、畳の上に座らせた識。腰を落とした識に見下ろされ、その熱く澄んだ瞳に心臓が跳ねる。

「……お前は、呉羽ではない」

静かに落とされた識の言葉に、香夜は思わず息をのんだ。

深く沈んだ夜闇の中で、識の赤い瞳が光を放っている。羽織の下の着流しは着崩され、その身体についた逞しい筋肉を晒していく。こうして間近で見ると、細く引き締まってはいるものの、均等に厳しく鍛えられた精悍《せいかん》な体つきである。

「俺が見ているのは、香夜だけだ。……この胸が疼くのも、触れたいと思うのも、全てお前だけだ。……香夜。俺は……お前だけを、愛している」

心ごと飲み込んでしまいそうな声でそう言って、識は言葉を失った香夜に深く口づけをした。

五章　腐食

「……ははは、見てみい伊織。川がこーんな近くにあんで。どこからどう見ても城下の末端や。飛んで戻るしかないか？」

「……ああ、こんなやつとこんな場所まで飛ばされるなんて……くそ、この世の全てを呪ってやりたい気分だ……」

「……お前はほんまに人の話聞かへんな」

虚ろな目をして物騒《ぶっそう》なことを呟き続ける幼馴染に嘆息し、凪は辺りを見渡した。

目の前にあるのは、毒々しい紫色の川。先程までいた伊織の家からここまでは、七十里ほど離れているだろう。

「……そもそも、なんで識が急に現れたんだ？　なんで俺らは飛ばされた？」

「あー、あの子……香夜ちゃんは識が痕つけた子やからな。魔力の痕跡《こんせき》たどって屋敷から飛んできたんやろ」

「……何それ。あいつ、そんなにあの女のこと気に入ってるわけ？　怖いんだけど。呉羽の面影に振り回されすぎだろ……。やっぱひと思いに殺してやった方がいいんじゃない？」

再び大きなため息をついた伊織が、力なくしゃがみ込んだ。

香夜と出会う前の自分なら、同じことを感じていただろうと凪は思う。きっと、識の呪いを解くために迷うことなく香夜を手にかけていただろうと。

「……識は、多分、呉羽じゃなくて香夜ちゃん自身を見とると思うで。まあ、ただの僕の勘やけどな」

「……はぁ？　何？　まさか識があの花贄を本気で愛してるとでも……」

言葉尻が消え、伊織の動作が止まる。あり得ないとでも言いたげな表情だ。今までの識を知っている者なら即座に消していたはずの可能性に行き当たったのだろう。数秒後、整った顔をこれでもかと歪めた伊織が盛大な舌打ちをする。

「……やっぱり、災いを呼んでるじゃないか。寵愛の花贄は――」

「はは、そうやなぁ。でも、きっと香夜ちゃんを殺したら僕らも殺されてたと思うで？　見たやろ、さっきの識。あんなに殺気まとった識見たの久しぶりやわ」

屋敷の門前で香夜を見た時、凪は一瞬で気が付いた。この子は、識が寵愛している花贄だということに。そうはいっても、香夜から『呉羽』という言葉を聞いた時、識が過去を引きずっている可能性を真っ先に考えた。過去の花贄と重ねられている香夜を識から引き離し、守ってやらないといけない。香夜をつけ狙う脅威は、常夜中に転がっている。それならば彼女に守護をかけ、自分の手元に置いておくのが一番安全だろう――凪はそう考えたのだ。しかし――。

「……識のあんな目見てしまうと、なぁ。ベタ惚れもいいとこやん。……全く、とんだ骨折り損やったわ」

「……何が骨折り損だ。俺はお前のことも同じくらい理解できないよ、凪。……お前、わざと呉羽の説明を端折《はしょ》っただろ」

「端折った？　はは、何のことかさっぱり分からんな」

「とぼけるなよ、識が呉羽のことをどう思ってたか……いや、呉羽が識にとってどういう存在だったのかだけ、わざと説明しなかっただろ？」

そう言って呆れた表情を浮かべた伊織に、相変わらず鋭いな、と凪は苦笑した。

伊織の家に識の蝶が現れた時、とっさにしまったと思った。そして、横にいた香夜が浮かべた表情を見てもっと後悔した。どうしてもっと早くに識の蝶を消しておかなかったのだろうと。

識と呉羽には、血縁関係が無い。呉羽は、識の母親が亡くなった後に来た先代の花贄なのだから当たり前だ。しかし、血の繋がりがなくとも識と呉羽がどのような縁で結ばれていたのか、識が呉羽をどういう目で見ていたのかを、凪は痛いほどに知っていた。そして香夜にそれを伝えなかったのは、凪の小さな嫉妬と意地でもあった。

「……まあ、僕はずる賢い天狗やからな。少しくらい勘違いで仲違いしてくれたらいいなぁって思って。別にええやろ？　これくらい」

笑ってそう言った凪を見る伊織の目が、心底理解できないものを見るように歪められる。

するとその瞬間、言葉にならない言葉を叫びながら近付いてくる甲高い声が聞こえた。

刹那、大きな毛玉状の何かが空間を破り、凪へと飛びつく。

「……っ凪さま!!」

「センリ⁉」

勢いよく放たれた砲弾のように胸に飛び込んできたのは、城下の大通りで出店に心を奪われていたはずのセンリだった。センリの身体は所々砂埃で汚れており、ふわふわの毛に覆われた頬にはわずかな切り傷があった。

「何があった、センリ」

低い声でそう聞いた凪に、呼吸を荒くしながらセンリが答える。

「っ、城下が、大変なことになってるんだ!!　いきなり城下の中心にあるやぐらが燃えたと思ったら、周りにいる妖が苦しみ出して、バタバタ倒れ始めたんだよ！　奴らだ、……空亡が、攻めてきやがったんだ！」

泣き叫ぶようにしてそう言ったセンリ。

「オイラ、オイラ、凪さまとの主従《しゅじゅう》の札を使って空間を飛んできたんだ。通りにいる皆を守ろうとしたけど、何人かは間に合わなかった……！」

「大丈夫や、よく頑張った」

大粒の涙を流すセンリの頭を軽く撫で、凪に合わせて燃える主従の札を見つめる。

これは凪が、使役している妖に渡しているものだ。何かあった時、すぐに主人である凪の元へと飛んで来られるようにと魔力を込めた札からは、かすかに硝煙《しょうえん》の匂いがした。

「……はは、タイミング良すぎて怖いわ。九尾の野郎、どっかで聞き耳立てとったんとちゃうか。ああ、でもこれで手間は省けたなぁ。まさかあちらさんから来てくれるとは思わんかった」

凪は目を閉じ、深く息を吐くと、空中に向かって手をかざした。すると、何もなかった空間から一本の刀が現れる。黒く淀んだ風を絡めた刀身は鈍い色で光っていた。

「……ああ、本当に、呪われてるのは俺の方じゃないのか……？　識に家はぶち壊されるし、呉羽が出た次は空亡が城下を攻めてきただって？　ふざけてる」

凪の後ろで恨みがましい目をしながら首を鳴らした伊織がブツブツと呟く。

少し前に見た時よりも、伊織の目の下のクマがひどくなっているように思えるのは気のせいではないだろう。

「……凶日すぎて、この世の全てを抹殺《まっさつ》したい気分だ」

そう言った伊織の手のひらの中、鈍く光る小刀が四つに増えた。伊織の髪に付けられた石が妖しい色を放ち、輝く。

「はは、伊織とこうして肩並べて刀構えるのなんていつぶりやろ。僕、興奮して敵さんに会う前にぶっ倒れそうやわぁ」

「……いいか、俺はお前の言うことを聞いたわけじゃない。空亡と真正面から戦うなんてまっぴら御免だ。……ただ、これ以上俺の家の周りを荒らされるわけにはいかないんでね。ほら、早く移動するぞ」

額に血管を浮き立たせながら生気の無い瞳を伏せる伊織と、恍惚《こうこつ》とした表情を浮かべて笑い声を上げる凪。

両極端な二人の魔力が高まり、空気に溶け込んでいくのが分かった。


「……ちょっと、待って……、ください！」

「待たない。俺の気持ちは伝えた。次はお前の番だ」

——どうしてこんなことに。

香夜は、頭の中でそう自分に問いかけた。いや、というよりこの状況に対してと言った方が正しいだろうか。

——お前だけを、愛している。先程、真摯な表情でそう告げた黒狼は、香夜を畳の上に組み敷き、甘い口づけを降らせていた。そして美しく整った顔をこれでもかというほど近付けた識に、香夜は息も絶え絶えになりながら必死に抵抗を続けていた。

「す、少し……頭を整理する時間を……ください！」

「整理……？　何を整理する必要がある」

「だ、だからそれは……」

識が自分に構うのは、呉羽と自分を重ねているせいだと思っていた。しかしそれが違うと分かり、香夜の頭はすでに、いっぱいいっぱいになっていた。

――識が、私を愛している……？

そんなわけがないと思いながらも、先程よりも情感的な手つきで香夜に触れてくる識。まるで、愛の返事を早く聞きたいと願う恋人みたいだ。

「私は……」

識の熱い眼差しに答えを急かされ、香夜が言葉を紡ごうとした時、識の香りが変わるのが分かった。僅かな異変を察知する獣のように、識の目線が外へと移動する。

「……俺から離れるな」

そう言って識が香夜を抱きしめた瞬間、辺りに鈍い振動と爆発音が響き渡った。

「……っ!?」

思わぬ衝撃に、目の前の識へとしがみつく。何かにじろりと見られているような気配を感じ、香夜の身体に嫌な悪寒が走った。

「何者かが、城下に入り込んだようだ。お前をここに置いていくことはできない。ついてこれるな？」

香夜が頷くと、目線を合わせるように屈み、頭を撫でる識。小さな子供をあやすようなその動作に、香夜は思わず赤面してしまう。

遠くから聞こえる爆発音に合わせて起こる地響きと振動で、部屋中に積まれた本の山が音を立てて雪崩れていく。それらを軽々と避けた識が香夜の手を引き、退路へと導いた。

識に手を引かれるがまま外へ出ると、そこには変わり果てた城下町の姿があった。所々に立ちのぼった煙と、悲鳴を上げながら裏路地へと逃げ惑う妖たち。中には、倒れ込んで苦しげにうめき声を上げている者もいた。

繁華街がある大通りの方からは、大きな炎が上がっているのが見える。

「ひどい……どうして……こんなことに」

数刻前に見た賑わいからは想像もつかないほどに荒らされた城下町。一体、何があったというのだろうか。

すると、道の端でうずくまりうめいていた人型の妖がゆらりと立ち上がり、こちらへ向かって駆け出した。妖の鋭い爪が香夜の視界を遮る。

危ない、そう思ったのも束の間、識の刀が鋭い音を立ててその攻撃を防ぐ。

「……っ！」

「……心を奪われ、操られているな」

識の言葉に、たった今襲い掛かってきた妖を見ると、焦点の合わない目が黒く濁っていた。うめき、こちらに飛び掛かってこようともがくその姿は、確かに操られている死人のようだ。

「面倒だ。一気に片付ける」

鮮やかに身を舞わせて、刀を振るう識は、美しさすら感じる手さばきで目の前の妖を倒してゆく。操られているという妖は、皆揃って淀んだ目をしていた。

それに、死臭のような生臭い腐敗臭がしているのだ。

凪や伊織、識の香りはそれぞれ違うが、花のような香りという共通点があった。

しかしこの動く屍のような妖が放つ匂いは、お世辞にもいい香りとは言えない。油断すると、鼻が曲がってしまいそうである。

「……数が多くなってきたな」

不規則に襲い掛かってくる妖を刀一本でいなし、片手で香夜の身体をかばう識には汗一つ浮かんでいない。

「識……私、邪魔じゃないですか……？」

「邪魔？　そんなわけないだろう」

そう言って、香夜の腰くらいまである刀身を軽々と振った識。

騒然とした城下町で唯一変わらず揺蕩《たゆた》い続ける狐火が、識の整った横顔を照らす。

一瞬、こちらを見た識と目が合った。

すると識はふわりとその表情を緩め、香夜を安心させるように微笑む。優しさと少しの切なさを孕んだ笑みだった。

「黒狼の城下に入り、妖を操ることができる者など限られている。……空亡の仕業だ」

──空亡。凪が言っていた、黒狼派と対立する敵勢力だ。そして、百年前に主君であった黒狼を裏切った九尾の狐を筆頭とする勢力でもある。

鼻腔をつんざくような腐敗臭が、段々と強くなってきていた。

──この匂い……安桜の屋敷で嗅いだものと同じだわ。

香夜の中の本能が、警鐘を鳴らす。ドクドクと鳴る自分の鼓動の音が、呼吸と共に耳に響いた。

「──きゃあああ！」

「なっ……!?」

突如として響き渡った悲鳴に、弾かれたように前を見ると、やぐらの下、燃え盛る炎の火の粉に紛れて誰かが倒れているのが目に入った。

それは艶やかな着物に身を包んだ美しい少女、大通りに差し掛かる前にすれ違った琳魚だった。

真っ青な顔をしてやぐらの下にうずくまる琳魚は、意識を保っていないのか、香夜たちには気が付いていない様子で浅く息をしていた。

着物ははだけ、帯の辺りに、じわりと赤い血がにじんでいるのが分かる。

瞬間、音もなく雷《いかずち》のような閃光《せんこう》が辺りを包み、辺り一帯に鋭い光の矢が降り注いだ。識の刀が、香夜の上に降った矢を防ぐ。それでも、刀はやぐらの下にいる琳魚の所までは届かなかった。

──考えるより先に、身体が動いていた。

「……っ、あ！」

うずくまっていた琳魚の腕をつかんだ香夜は、光の矢が彼女を貫く間際、自分の身体へと引き寄せた。

そのまま意識の無い琳魚を抱き寄せ、香夜は身体ごとやぐらの端へと転がるようにして倒れ込んだ。

「……ううっ！」

火の粉が頬をチリリと焼く感覚と、地面と身体が激しく擦れてぶつかる衝撃が香夜を襲う。

「香夜！」

識が、香夜の名を叫んだ。

上手く息ができない。全身を強く打ちつけた衝撃で目の前がチカチカと弾け、白くかすんでいる。それでも、寸前のところで間に合ったようだった。

激しく舞った砂埃の中、横に倒れた琳魚の身体を捉える。薄紫の帯には変わらず血がにじんでいたが、まだかろうじて息は保っている彼女の様子を見てホッと息をついた。

「——おやぁ？　外してしまったようですねぇ……あわやあわや、せっかくの再会に、薄汚い半端者を交えてしまうなど興《きょう》が醒めるというもの」

背後で脳の裏側を生暖かいもので舐め上げられるような、気味の悪い声色が響き、背に冷たい汗が流れ落ちた。

同時に、これまでとは比べ物にならないくらいの死臭が鼻を刺す。

振り向いてはいけない、いけないと分かっているのにもかかわらず、香夜の身体は自分の意志とは関係なくゆっくりと動く。

声のした方向に顔を上げると、そこに立っていたのは——。

「ああ、久しぶりと言うべきでしょうかねぇ……、それとも、こういう場合は、涙を流しながら抱擁するべきなのですか？　愛おしい娘を前にした父親というものは」

「お……父さま……？」

香夜の前に立ち、こちらを上から覗き込むようにして笑みを作っていたのは、死んだはずの父だった。

それは時間にして数秒間。

にこやかに笑う父の姿に時が止まり、香夜は呆けたようにその顔を見つめることしかできなかった。

所々に浮かぶ皺の位置、目を細めて笑うクセ、その一つ一つが、細部に至るまで父そのものだった。

しかし、何かが違う。

外側は確かに父であるはずなのに、皮一枚挟んだところに恐怖そのものが広がっているような、得体のしれない寒々しさを感じるのだ。

「違う……お父様じゃない、誰ですか、あなたは」

ここにいるのは、父ではない。父の姿をした、父ではない誰か。

それに気が付いた瞬間、香夜は言いようのない吐き気と怒りを感じた。

「アハハ！　さすがですねぇ。やはり、一度飲み込んだくらいでは精度が低いのでしょうか。まぁまぁまぁ、これはほんの余興《よきょう》ですよぉ」

声色もまた父を模してはいるものの、節々にまとわりつくような不快感を覚える。

男は、動けないでいる香夜を見ると嬉しそうな嬌声《きょうせい》を上げた。

そして自身の顔に爪を突き立て、皮膚を引き剥《は》がすようにして指を食い込ませる。
「い、や……」
ずる、と音を鳴らし引き剥がされる父の笑み。
父の形をした顔がボロボロと崩れ落ちていき、その下にある表情が露わになってい
く。
腰まで伸びた濃紫の髪。赤い月明かりと燃え盛る炎に照らされてもなお、おぼろに
白い顔。その顔立ちは中性的で非常に美しいものであったが、凶悪に歪みきった瞳が
不安感をかき立てる。
古めかしい銀製のロザリオを首からかけた男の手には、細かい装飾《そうしょく》が施された拳
銃が握られていた。
「こんなにも美しい月夜に、あなた様に再会できて嬉しく思いますよぉ。やっと、
やっとやっと、まみえることができた。ああ……やはりわたしは神に愛されている、
この土御門有栖《つちみかどありす》、恐悦至極《きょうえつしごく》にございます」
黒いフロックコートを身にまとった男がそう言って、地面に倒れ込んだままの香夜
へと手を伸ばす。
「……つち……みかど」
土御門有栖。偶然にしては聞き覚えがありすぎる名前を今一度繰り返し、思い至っ

た恐ろしい可能性に香夜は戦慄した。

土御門家とは〝人間界〟の、日本の朝廷に仕えている一族の名である。かつて、陰陽道は家学《かがく》は陰陽道。かの有名な安倍晴明《あべのせいめい》を祖とする嫡流《ちゃくりゅう》の華族だ。唯一の陰陽道宗家として力をふるっていたと聞く。

土御門家が全て司《つかさど》っていたと言っても過言ではないくらいに、
そして——土御門とは香夜の生家、安桜の屋敷に仕えていた陰陽師の姓でもある。

固まった香夜の方を見て、にやりと笑う有栖。

しかし白い手袋が香夜の頬へと伸ばされ、今にも肌に触れるかと思われた瞬間、ピタリと止まった。

「あれぇ……？　あなた、心がまだ生きていますねぇ？　どうしてですか？　何故？どうして？」

「……っ」

声が出せない。瞬きをすることすら躊躇《ためら》われる、ねっとりとした眼差しが香夜に向けられる。

その時、地面をえぐるように砂埃ごと巻き上げた風が吹き、激しい金属音が耳元で鳴り響いた。

風の層かと思われたそれは、香夜を覗き込む男に向かって振り下ろされた識の刀だった。

有栖はそれを、手に持った小さな拳銃で受け止め、ゆるりと識の方を見やる。

「……ふふふふ、お久しぶりですねぇ、識さまぁ。またわたしの邪魔をするおつもりですか？」

「……香夜から離れろ、有栖」

顔を上げて見た識の表情は、怒りと殺気で満ちていた。

そんな識をものともせず、挑発するように微笑んでみせる有栖と名乗った男。

識は香夜と有栖の間に立つと、香夜の背にそっと手を重ねた。

すると温かな感触が身を包み、傷んでいた箇所がみるみるうちに癒えていく。

有栖を前に速くなる鼓動はそのままだったが、識の手から伝わる温度は確かに香夜を安堵させた。

「……相変わらずですねぇ、識さまぁ！　そうやって守るものを持つから弱くなるのだと散々申し上げたはずですよぉ。弱き者は神の寵愛を受けられないのです！」

「神の寵愛だと？　あの日……黒狼の傘下にいながら、堂々と奇襲を仕掛けたお前がよく言えたものだ」

空気までも震えるような怒りが、識の全身から伝わってくる。揺らぐ香りから漏れ出すのは、明確な敵意だった。

「……ここへ何をしに来た、有栖」

「ふふふ、目的はもちろん、そこにいらっしゃる古の器……香夜さまですよ。ああ、香夜さま。ご無事なようでなによりです。あなたが今日まで生きていられたことだけは、識さまに感謝しなければいけませんねぇ」

有栖はそう言って不気味に笑い、頬を赤らめ恍惚とした表情を浮かべる。

濃紫の髪が揺れ、有栖の耳に付いた十字架のイヤーカフが見え隠れした。

──古の器。確か、口無しの間でも同じような言葉を……。

父の姿に化けてみたり、再会といった言葉を使ったり、一体どういうつもりなのだろうか。

「あぁ、しかし器の心が生きたままでは使い物になりませんねぇ。可哀そうに、ふふふ、今すぐに救ってあげますからねぇ」

にやりと有栖の口元が動き、鋭い犬歯が垣間見えた。ロザリオに有栖の手がかかり、先程も感じた強い腐敗臭が漂ってくる。

何かが起こる。識が、戸惑う香夜を強く抱き寄せた。それまで吹いていた柔らかな夜風が止まり、空間に波動のようなものが流れるのを感じる。

波動は段々と大きくなっていき、その全てが有栖の立っている場所へと集結していく。

「──あぁ、迷える魂に、神の御加護があらんことを」

聞こえたのは、陶然《とうぜん》として上擦った有栖の声。

丸々と肥えた常夜の月に手を伸ばし、有栖がロザリオに口づけをした瞬間、怒涛《どとう》のごとく流れ出たのは水の渦だった。

その荒ぶる波のような水の渦はやがて、計九本の大きくそびえる尻尾となった。

「ふふふ、今回は邪魔をしないでくださいねぇ、識さま。わたし、やっと、やっとやっとあのお方を蘇らせることができる器に再会できたところなのですよぉ！」

「……九尾の、狐」

立ちすくんだ香夜がそう呟くと、有栖が笑い声を上げる。

どこまでも深い、黒の瞳。ぞくりと身体が粟立つのを感じた。肉親を汚された怒りよりも先に来たのは、脳髄《のうずい》を舐め上げられるような、感じたことのない恐怖だった。

「……もういい、殺してやる」

静かに響いた識の声。識から放たれた蝶が香夜を守るように間へと入り込む。

「殺す？　ふふふ、百年前のあの日も、八年前も、そう言って、わたしを殺せなかったでしょう？　そればかりか、守るべきお人に守られ無様に生き永らえた！　覚えていないのなら、今一度思い出させてあげましょうかぁ？　ふふふ、香夜さまにも見てもらいましょうよ、あなたの失態を」

にやりと笑ってこちらに首を傾けた有栖に、血の気が引いていくような感覚がした。

同時に、これまでとは比べ物にならないくらいの耐えがたい死臭が鼻をかすめる。

血肉が腐敗したような、この吐き気を誘発する匂いはどこから来ているのだろうか。

薄く笑う有栖が自身の胸元にあるロザリオに手をかけた瞬間、香夜をかばうようにして立っていた識の顔色が変わる。

「……やめろ」

「……さあ、わたしたちの因縁の夜へいざないましょう。わたしの愛しい器よ。荒れ狂う海に、身をゆだねてくださいまし」

有栖の声が耳元でそう囁き、香夜の心臓がどくんと跳ねた。

何故だろうか、恐ろしくてたまらない。今すぐにでも、ここから逃げ出してしまいたい。

有栖から溢れ出した黒い水はやがて高い波のようになり、夜闇と混じり合ったそれはまるで深い水の底へいざなう大きな手に見えた。

焦燥した表情を浮かべ香夜を見る識が、闇に包まれて見えなくなっていく。

「何、これ……」

「……有栖の妖術だ！　吸い込むな、飲み込まれる！」

くぐもった識の声が聞こえ、瞬きをした瞬間、目の前が真っ暗になり何も見えなくなる。

そうだ、特にこれといった欠点が無い九尾の狐が、最も得意としていたのは、人を惑わし操る妖術の類だった。

暗闇の中、遠くで誰かが歌っているのが聞こえる。柔く吹き付ける春風が香夜の前髪を揺らし、穏やかなまどろみへと誘う。

混沌とした深海にも似た闇の中、懐かしく響くいつかの声色に伸ばした香夜の腕だけが宙をさまよい、何もつかめないまま闇へと沈んでいった。

――深い、深い海の中に沈んでいく感覚がする。

口を開けて言葉を発しようとしても、水に飲み込まれて発音することがかなわない。すると黒々とした海の中、一つの光景が浮かび上がってくるのが分かった。瞬きをするたびに、視界に広がる景色が少しずつ変わる。

耳鳴りのように響く声もまた、段々と消えていく。何度か瞬きを繰り返すと、そこは見慣れた座敷が広がっていた。

――ここは、黒狼の……お屋敷？

識の座敷から見えた月や、桜の木が縁側から見えた。相変わらず水の中に浮遊しているような感覚はあったが〝見せられている〟この光景が黒狼の屋敷であることが分かる。

「……どうしたのですかぁ？　そんなに驚いた顔をして。ふふふ、わたしの顔に何か付いていますか？」

「……っ!?」

こもっていた耳が弾けるようにぱちんと音が鳴り、後ろから声が聞こえた。

やけに聞き覚えのある粘着質な声にビクリと飛び上がる。

「……土御門有栖」

座敷の中心に佇んでいたのは、口元を歪め、先程と同じように笑みを浮かべた有栖だった。

しかし、香夜が投げかけた声は彼には届かなかったようだ。よく見ると、有栖の雰囲気は城下町で見た時とは少し違って見えた。

黒いフロックコートではなく、昔の貴族が着ていたような狩衣《かりぎぬ》を身にまとう姿はや時代錯誤《さくご》なようにも感じる。

「ふふ、何か仰ったらどうですか？　識さまぁ」

そう言った有栖の視線の先を見て、あ、と声が出た。

月明かりの下で、顔立ちに少し幼さの残る識が有栖を睨みつけるようにして立っていたからだ。

「……裏切ったのか、有栖」

そう言った識に呼応し、舞った蝶が香夜の足にぶつかった瞬間粉となる。

――これは、きっと、識の過去だ。

自分の身体を見てみると、手のひらはわずかに透けているように見えた。

それに、香夜のことはあちら側からは視認できないようだ。

――私は今、識の過去にいるのね。

未だ未練を持ったように光を放つ蝶の残骸が、そう理解させた。

さっき識は『裏切ったのか』と言っていた。ほのかに、血の匂いがする。もしかするとこれは、識が奇襲を受けた百年前の夜――呉羽が亡くなった日の、追体験なのではないだろうか。

有栖の後ろには、狐の面を着け、狩衣を着た者たちが陣《じん》を敷くようにして並んでいた。この者たちは、有栖に仕える妖なのだろう。伝わってくるのは、前にいる識に向けた憎悪の念ただ一つ。

皆、武器を構えて、臨戦態勢をとっている。

――やめて。

心の中で、そう唱える。

この先に待ち受けている未来を、直視するのが恐ろしい。

識は、目の前に並んだ敵の軍勢を前にしても、うろたえることなく、静かに有栖を見上げていた。

丸く肥えた庭の月が滴り落ちてきそうなほどの赤を湛え、あどけない黒狼当主の美《び》貌《ぼう》を際立たせる。

「ふふふ、確かにわたしは長きにわたって黒狼の傘下にいました。しかし、あなた方に忠誠《ちゅうせい》を誓ったことなど一度もありません。わたしの目的は、もとより常夜頭の花贄にあったのですから」

「……花贄だと？　俺の父を謀殺《ぼうさつ》し、呉羽を奪おうとしたのも貴様か」

「ええ。あの時は惜しくも呉羽さまを逃しましたが……識さまの父親、先代の常夜頭には、空亡の供物《くもつ》となっていただきました」

恍惚として声を上擦らせ、のけぞった有栖の胸には十字架のロザリオが鈍く光り輝いていた。

「……空亡？」

「はい。空亡は、いわば常夜の太陽ともいえる月。全ての終焉《しゅうえん》と、再生を司る神なのです。全ての妖は、魔力は、いずれ空亡へと帰還《きかん》する。そして数百年に一度、集約された魔力によって赤く染まった月は、香り高き寵愛の子——花贄を生み出してくれるのです。これほどまでの力が、感銘《かんめい》が、ありましょうか。ええ、ええ、ありませんとも……！」

そう叫び、悦に入った有栖のにごり切った瞳には、何も映ってはいない。月に向かい、愛おしそうに手を伸ばす有栖の頬にピリリと亀裂が入る。

空亡。

空想上の妖とされ、香夜もその存在は古い絵巻でしか見たことがない。

しかし、あれは妖というよりも概念のような存在だったはずである。

妖怪、空亡。百鬼夜行が終わる頃に現れる、禍々しい黒雲と業火に包まれた巨大な球体。

意志を持たず、赤い津波のようにこの世の全てを飲み込んでしまうという、自然悪。

初めて絵巻で空亡のことを知った時、香夜は百鬼夜行における太陽を指しているのだろうと思っていた。

妖にとっては最早遠い存在となった陽光が恐れに反転し、おぞましい空想の妖が生み出されたのだと。しかし有栖を見ると、まるで常夜の空に浮かんだ月が空亡であり、神であり、避けられない厄災そのものなのだと言っているようだ。

「一千年前、しがない一介の陰陽師だったわたしは、一人の娘と恋に落ちました。千代《ち よ》という名の、それはそれは愛らしい娘でした。……しかし、千代は、常夜頭に捧げられるために生まれた花贄だったのです」

「……なんだと？」

「わたしは願いました。愛する千代を、妖から救いたい。愛する千代を奪った、妖を超える力を持ちたいと。願いを叶えるためなら何でもしました。そして妖を喰い、自らの血肉とし、わたしはようやく人智を超える力を手にしたのです」

「……俺の耳がおかしいのか？　有栖。お前の言葉が正しければ、ただの人間だったお前が妖を喰い、魔力を手にしたかのように聞こえたが」

識がそう言うと、笑みを浮かべていた有栖の顔から表情が消える。

「ええ、その通りでございます。それなのに、妖に匹敵する魔力を手に入れても、千代は私を見てくれなかった。花贄として捧げられたはずの常夜頭なんぞと恋に落ち、常夜で一生を終えてしまった。……それなら、わたしに振り向いてもらえるまで、何度でも蘇らせるしかないでしょう？」

まとわりつくようだった有栖の香りもまた、無機質な怒りが感じられるものへと変わり、空気が一変するのが分かった。

有栖が振り返ると、後ろに並んでいた狩衣の集団が示し合わせたかのように二つに分かれる。すると、軍勢に紛れ、中心に立っていた者が露わになった。

「……嘘」

誰にも届かない香夜の声が、静まり返った座敷に小さく響いた。

どうして。

目の前に現れたその人物を見て、口から出てきたのはその感情ただ一つだけ。

静寂の中、白銀に輝く長髪をなびかせた少女の唇が弧を描く。

「……口無し、さま？」

そこには、口無しの間で見た少女があの日と変わらない姿で佇んでいた。

赤い瞳、白く透き通るような肌、口元の当て布こそしていないものの、その姿は紛れもなく扉として繋がれていた口無しそのものである。

「件《くだん》さま、こちらへ」

そう言って手を差し伸べた有栖に笑みを深めた口無しは、香夜の横を音もなく歩いていく。口無しが通り過ぎる瞬間、ふわりと舞ったのは線香のような魔力の香りだった。一瞬こちらを見た口無しの目が香夜を捉えたような気がして、呼吸が止まる。

不思議な雰囲気をまとった少女が、座敷の畳に足を擦るたびに、黒々とした影がぶくぶくと湧き出し消えるのが見えた。

「件……予言をする不死の妖か？　その身には、幾千もの記憶と英知を携えていると聞くが……」

「幼き黒狼よ。わらわは凶事を視た。先代常夜頭の花贄……呉羽に、一千年前の血が流れておる。有栖が愛した、千代の血だ。一千年前、常夜頭と恋に落ち、寵愛を受けた花贄の血だ」

澄んだ声で答えた少女の言葉に、識の顔色が変わる。すると天を仰いだ有栖が、高らかに声を上げた。

「……千代を失ったわたしは、彼女の身体をバラバラにしました。そして数百年後……再び月が赤く染まったその年、人の世で花贄を身ごもった女に千代の身体の一部を飲み込ませたのです。月が染まるたび、花贄が生まれるたび、わたしは何度もそれを繰り返しました。そして、やっと……やっと、千代の血が流れる器を生み出すことに成功したのですよ。――それが、呉羽さまです」

一千年前に実在した、千代という花贄の娘。常夜頭と恋に落ち、寵愛を受けた花贄の血。そして有栖が探しているという、古の器。

何度でも、蘇らせる――。

香夜の中で、まばらに点在していた言葉が一つの答えへと集約していく。

「件さま、今一度お答えくださいませ。千代の血を受け継いだ呉羽さまに、蘇りの呪詛をかければ……わたしの願いはかなうのですね？」

「ああ、一千年の時を超え、お前の想い人は蘇るだろう」

そう言った少女の身体は、その指先に至るまで白く光り輝いていた。この少女は、香夜が境目で出会った口無しと同一人物なのだろうか。見た目も、声色も、記憶の中にある口無しと一致している。しかし、感じる香りは全くの別物だ。口無しの間で対峙した時は、もっと別の、淀んだ空気を感じた。今、有栖の横で微笑む少女から感じるのは、触れたら一瞬にして崩れ落ちてしまいそうな儚《はかな》さと、凜々しさを孕んだ気品だった。

「……勝手に話を進めるな、呉羽が、器？　一千年前の花贄の血だと？」

怪訝な表情をして、有栖と口無しを睨む識。

目が据わった有栖の口元から、ふっと息が抜け、こもったような笑い声が溢れる。

「ふふ。ははははは、ぇえ。あなたの大事な大事な呉羽さまをこちらへお渡しいただきたい。なに、手荒な真似はしませんよぉ。少し、生まれ変わってもらうだけのこと」

有栖の言葉に、識の表情が目に見えて変わるのが分かった。

「さあ、早くお渡しを！　わたしはこの日のために力を、魔力を、蓄えてきたのです。歴代の常夜頭から膨大な魔力を奪ってまで！」

目を見開いた有栖が、咆哮《ほうこう》した。

有栖から伝わってくるのは膨大な怒りと、憎しみ。有栖の内側から、耐えがたい腐敗臭が漂ってくる。

「……千代は、妖などと恋に落ちてはいけなかった。わたしと結ばれるべきだったのです。――識さま、千代を、返してください」

頭が割れるように痛い。

有栖の声が、淀んだ魔力が、直接脳内に入り込んでくるようだ。

「……ふざ、けるな。誰が千代だ。呉羽はお前が言っている女とは何の関係も無い」

柱に寄りかかった識が、かすかに震えた声でそうこぼした。

聞いたことのない声色と、怒りがにじんだ表情。深紅の瞳がうろたえ、揺れ動く。

「お前も哀れな男だ、幼き黒狼当主よ。わらわはお前の凶事を視た。今日、お前は争いに負けるだろう」

口無しと同じ容貌《ようぼう》をした少女が囁く。

その瞬間、ふわりと桜の芳香がし、識の黒髪が目の前をよぎった。

「……ふざけるなと言ったのが聞こえなかったか？　件。俺が負けるだと？　呉羽はもうとっくに俺が逃がした。負けるのは貴様らの方だ」

どこから出したのだろうか、いつの間にか識の手に握られていた長刀が、少女の首元に突き付けられていた。

ごふ、と咳込んだ少女の口から、鮮血が流れ落ち、畳を汚す。

長刀を突きつけられてもなお凛然《りんぜん》たる面持ちで佇む少女に、識が持った刀の切っ先がわずかに下がった。

「わらわを殺すか、黒狼よ。無駄だ、わらわは何度だって灰の中から蘇る」

「……他に何を見た。今日、何が起こる？　答えろ、件！」

　座敷に響き渡る識の激昂《げきこう》と、少女の声。それを、不気味な朗笑《ろうしょう》が邪魔した。

「ふふ、ふははは、件の予言は絶対ですよぉ？　識さま。さあ、呉羽さまをどこへ隠したのです？　早く出してください」

　有栖の合図と共に、風を切った狩衣の集団が識に向かって一斉に襲い掛かる。

「識！」

　思わずそう叫ぶが、香夜の声は、識に届かない。

　少女に向けられていた識の刀が、敵の攻撃にぶつかり鋭い剣戟《けんげき》の音を鳴らす。

　険しい顔をして何十もの攻撃をかわす識だが、忍びのように身体を低くして刀をふるう敵の方がやや優勢にも見える。

　荒々しい桜の香りが香夜の鼻孔に届く。識のものだ。識が、力で押し負けることなどあるのだろうか。

　背ににじんだ汗が、じわりと香夜の襦袢を貼りつかせた。

「……っぐ、……！」

「識さまさえ諦めてくだされば、全てが丸く収まるのですよぉ」

　有栖が、首元にかけたロザリオを手にする。

　まとわりつくような甘い声が、脳内に響いた。

「……そうですね、では、呉羽さま自身が死を望んでいたとすればどうしますか？」

錆びた銀の十字架を握りしめ、有栖がそう言った瞬間、識を覆っていた気が変化するのが分かった。

「呉羽さまは、先代常夜頭の花贄。……千代と同じ、世にも珍しい常夜頭に愛された花贄だった。二人はさぞかし愛し合っていたことでしょう。識さまも、気が付いていましたよね？　呉羽さまが、先代の後を追いたがっていることくらい」

有栖の声が響き、識が持っていた刀がスッと虚空を舞う。

一瞬の出来事だった。その一瞬の間で識から失われたのは、生きようとする気力。

識を立たせていた力が全身から消え、目の色が失われていく。

「……駄目、お願い、やめて」

情けなくこぼれた自分の声が、まるで他人が発した声のように聞こえた。

識が刀身を降ろしたと同時に、突風のごとく飛び掛かる敵の刃。

識が、殺されてしまう。

にやりと有栖の口元が弧を描くのが、視界の隅に見えた。

くすんだ景色のなか、香夜が目を覆いそうになったその時、心臓が大きく鳴り響く。

「――どうした識、私はお前に、そんな顔をしていいと教えた覚えはないぞ？」

空気が、突如として響き渡ったその声に応えるようにして震えた。

庭の草木や、屋敷の装飾品までもが、細かく打ち震えるようにカタカタと鳴っている。

　いや、違う。これは空間に同化した香夜自身が震えているのだ。

「呉羽……？　何故だ、逃げろと言っただろう」

　識の声が、弱々しく落とされた。

　気が付くと、先程までそこに立っていた有栖が地面に伏し、胸から血を流していた。

　いや、有栖だけではない。識を囲んでいた狩衣の集団も、口無しと似た少女も、皆一様に倒れていた。何が、起こったというのだろうか。

　何も見えなかった。風や、香りすらも異変が起こったことに気が付かないくらい、一瞬の出来事だった。

「あはは、よかった。一世一代のまじないだったけど効いたみたいだな！　こんなこともあろうかと、事前に伊織くんから教わっといてよかったよ」

「……呉羽」

　喉の奥から絞り出したかのように揺れた識の声が、その名前を呼ぶ。

「どうした、泣いてるのか？　識」

　赤髪が揺れ、月夜になびく。

　その姿は、毅然《きぜん》とした気高さを内包し、刺すような美しさを湛えていた。不敵に笑うその唇もまた、赤。

一目見ただけで、唐突に理解した。

この人が、呉羽だ。香夜の中で鳴る鼓動が、細胞の全てがそう叫んでいる。

地獄のような女だった、と凪が言っていたことを、今さらながらに思い出す。

倒れた妖の中で快活《かいかつ》に笑う佇まいは、まさに美しい地獄そのものだった。

「どうしてですか、何故、ただの人間である呉羽さまが、このようなまじないを？

心はもうとっくに失っているはず、後は、千代のためにその身体を受け渡してくれるだけでよかった……それなのにどうして、どうして、どうして！」

這いつくばった有栖の口から、黒々しい血が吐き出された。

手を伸ばし、畳に血を吐きながら身体を引き擦るようにして進む有栖から溢れる闇が、揺れ動く九尾の影となって土壁に映る。

「……何故？　ハハ、愚問だねぇ有栖くん。君も人間だろう？　人間が力を得たいと思う理由なんて一つだけなんじゃない？」

面前で血を流し、必死に手を伸ばす有栖のことなど見えていないとでも言うように、呉羽は大口を開けて笑ってみせる。真っ赤な唇から垣間見えた犬歯が白く光った。

「理由、ですと……？」

「そうだ。最後に、大切な人を守りたかったのさ」

「理解、できません。そんなこと、あってはならない。あってはならないのです。あなたは大切な千代の器なのです、それなのに、あなたの身体はもう……」

「そうだねぇ、ただの人間が強い力を使うには、それなりの代償が必要だからね」

呆気にとられた様子の有栖を前に、飄々《ひょうひょう》として口元を緩ませる呉羽。

身にまとう全てを赤で染めた人が、畳を歩く。紅い花びらが散るように、風に乗って揺れるたおやかな髪。その美しさに目を奪われる。しかし、呉羽の身体は歩くたびにどんどん崩れ落ちていった。

「識。私の可愛い愛弟子《まなでし》であり、可愛い息子よ。君に最後の教えを説いてやろう」

「……最後？　何、言ってるんだ、またいつもの冗談だろ？　俺は、俺は……」

座り込む識の前に立った呉羽が、にっこりと笑った。

早鐘《はやがね》をつくようにドクドクと鳴る香夜の心臓。動悸が止まってくれない。目を閉じることもできない。呉羽に月明かりが反射し、褐赤色の影が香夜の方へ伸びている。

識の腕をつかんだ呉羽が、己の胸にその手を重ねた。

「私の身体は、さっきまじないを使った時にもう擦り切れている。一足先に、君のお父さんのところへ行くよ」

「やめろ……何故戻ってきた。お前の酔狂《すいきょう》に付き合うのはもううんざりだ、どうして俺を守った、こんなことして何の意味がある⁉」

「意味ならある。識、君と過ごした時間は私の宝物だ。私に子はいなかったが、初めてだったよ。こんな穏やかな気分になったのは。君のことは、本当の息子のように思っていた。君と、君のお父さんに出会えて、私は初めて生きる意味を見出せたんだ」

そう言って、今にも泣き出しそうな識に向かって呉羽は穏やかに微笑み返す。

「……いい月夜だねぇ。こんな日に、終わることができるなんて思っていなかったよ」

「ふざけるな、勝手に終わらせようとするな」

「……何もふざけてないさ。哀しむ必要は無い。いずれこうなる運命だったのさ」

「お前が、いない世など生きている意味が無い、俺は、お前がいたからこそ……」

「……私もだよ」

呉羽が発したその一言に、識の言葉が止まる。

「識、生きるんだ」

識と呉羽が、どんな日々を過ごしてきたのか知らない。二人の間で交わされた会話も、出会い方だって香夜は知らない。

それでも、その一言が全てをあらわしていることだけは分かった。

つう、と呉羽の口元に鮮血が流れ落ちる。

「……ああ、あああああ、あああああ！　呉羽さま、やめてください、やめてください、消えないでください、あなたはやっと見つけた、やっと生まれた、千代の器なのですよ！」

有栖の慟哭《どうこく》と共に、うねった黒い水が有栖の身体を飲み込んだ。

「ぐ……う……！　ああ、憎らしい、憎らしい……やっと、やっと見つけることができたのに！　たとえこの身が朽ちようと、恨みは千年先まで続きましょうぞ……！」

口惜しそうな叫びが聞こえなくなる頃にはもう、有栖の身体は全て水となり畳に染み込んでいた。

血の匂いが満ちた座敷へ、大きなつむじ風が吹き込む。

庭園に咲いた花々の花びらが室内に吹き荒れ、うつむいた識の手に力がこもる。

「生きろ、識。……生きろ」

気高く快活な香りを放つ美しい人は、最期にそう言った。

力を失ったようにうなだれる識の表情は見えない。

「識、……識」

気が付くと、香夜は届きもしないその名前をひたすらに呼び続けていた。

色鮮やかな花びらが舞い込んだ座敷の中心、もう目を覚ますことのない美しい人を抱えて一点を見つめる識の胸に、ほう、と赤い華の印が浮かんでいるのが見えた。

「……業を背負いし常夜頭よ。そなたの心は、この先ずっと晴れないだろう」

畳に伏した件が、澄み切った声でそう囁いた。

「しかし、比翼となりしつがいは、呉羽の意志を継いだ者は、再びお前の前に現れる」

「……比翼、だと？」

「わらわは、ずっと見ておるぞよ。幾千《いくせん》の時の中で、そなたの身を焦がすような業火が焼き切れる様を」

つま先からボロボロと崩れゆく件の身体がみるみるうちに細かな灰へと変わっていく。

「……失った命を救うことはできない。ただし、これから失う命を救うことはできる。月に愛されし黒狼よ。──いつか、最愛の者を守るその手で、わらわのことも救ってくれ」

願いを託すように識へと伸ばされた指先から、翡翠《ひすい》色に輝く硝子玉が転がるのが見えた。

「──月夜見の宝玉」

件が落とした硝子玉を見て、識が呟いた。いつか、凪が言っていた神器の一つ。願いを叶える代わりに、大きな代償を払うことになる宝玉だ。

視界を染める赤の惨劇《さんげき》を、追憶《ついおく》の始まりと同じ水の泡がかき消していく。

光を失った目をした識が、一瞬だけこちらを見た。

「識」

遠くなっていく血の匂いと、それに比例して高くなっていく足元の波。

「識、……」

何度も、何度も繰り返し識の名前を呼ぶ。

するとその時、濃い桜の香りが香夜の脳裏を撫ぜた。

夢が覚めるのだろう、まばゆい世界がぼやけていく。香夜は揺らぎ消えゆく景色に手を伸ばし、震える指先で識の輪郭をなぞった。かぐわしい桜の香りは強くなっていき、肌を包んでいた冷たく無機質な波は温もりへと変わる。

目を開けると、香夜は何か暖かく大きなものに抱えられていた。そこはもはや夢の中ではなく、薄暗く荒れた城下町の路地裏。有栖の姿は、確認できない。

平屋の間から見えるパチパチと弾けるやぐらの炎は、勢いを増している。その煙に紛れて、桜の芳香が香夜の全身を包み込んでいた。

「……え？」

上を見上げ、固まること数秒間。思わず、気の抜けた声が香夜の口からこぼれた。

黒々と淀んだ瘴気が濁流《だくりゅう》となり満ちる城下町の中央で、月明かりがその美しい顔を照らし出す。

「……やっと、目覚めたか」

そう言って、見目麗しい黒狼は、切なげに笑った。黒く艶のある髪が夜風に揺れ、切れ長の瞳が見え隠れしている。死を司る神がこの世にいたならば、このように絶望すら感じる美しさを持っているのではないだろうかと、頭の片隅で思った。

「……現実？」

放心したままそう問うと、識はふっとため息をついて香夜の頬を優しくつねった。

「現実だ」

その表情を見て、夢が覚めたという仮説が確信へと変わる。

香夜はいつの間にか、識に抱えられていた。

それも夢の中で見た識ではない。ここで香夜を抱いているのは正真正銘、現実の識だ。

「……っ」

気が付くと、香夜は目の前の識を抱きしめていた。

手が届き、体温を感じることができる安心感からか無意識に力がこもる。識は香夜を拒むこともせず、じっと黙したままだった。じわりと温かく、苦しいくらいに切ない感情の置き場所が分からない。すると、羽織をひしとつかむ香夜の背に識の手が回る。

「……城下の端から戻ってきた凪が、有栖を食い止めている」

「凪が？ センリと、伊織さんは……」

「幻術にあてられて眠ってしまったようだが、無事だ」

——よかった……皆無事だったのね。

安堵した香夜が識の胸に顔をうずめると、力強い抱擁が返ってきた。

「……呉羽が死んでから、どのくらい、経ったのだろうな」

香夜の背に回された手が、壊れ物に触れるように優しく動く。識も香夜と同じ、追憶を見せられていたのだろう。声が、いつもより震えて聞こえた。

「……それすらも分からない、気が遠くなるほどに永く、焼かれているような日々だった」

低く沈んだ声で識がそう言う。

「永い時の中で、俺はずっと……呉羽を探し続けた。俺にとって呉羽は、師のような、姉のような……たった一人残った家族のような存在だったんだ。呉羽の意志を継いだ者が、この世に生まれるのを待っていた。件の言葉を鵜呑みにして」

呉羽の意志を継いだ者。それが、香夜だった。

識は、香夜がこの世に生を受けることを知っていたのだ。それでも、どれくらいの間待ったのだろう、どんな思いで待っていたのだろう、花贄である香夜を抱きしめた時、何を思っていたのだろう。

「……お前が産まれた日、初めて姿を見た時、一目で分かった。呉羽を宿していると」

——私が産まれた日……？　識はそんなに前から、私のことを知っていたの？

香夜が目を見張ると、識は優しく何度も香夜の背をさすった。香夜が腕の中にいることを、繰り返し確かめているみたいな動きだった。

鼻先に近付いた識の身体は、蜜を溶かしたような甘く深い桜の香りがする。

「お前は俺に捧げられるための花贄だったが、殺すつもりは端から無かった。遠くから見守っているだけでいい、呉羽の魂を身に宿したお前が死なないように守ればいいと、思考すら手放した頭でそう考えていた」

そう言ってゆっくりと香夜の身体を離した識。

指二本分ほどの距離で、識の瞳が揺れる。その既視感のある揺れ方に、胸が波打つのが分かった。

「だが……お前は、呉羽とは全てが違った。紡ぐ言葉も、目の奥に灯る光も」

「……っ」

「お前を見ているうちに、そばで感じているうちに、お前の光が俺の心を溶かしていった。お前が、死の淵にいた俺を救ったんだ。二度と失いたくないと心が叫んだ。……香夜、俺は、お前を愛してる」

熱い識の体温と、感情を吐き出すようにして苦しそうに紡がれる言葉が心に刺さる。

雨上がりの湿気を含んだ温い春風が香夜の髪を揺らした。

「……愛してる。だから……生きていてくれ」

たった一言だった。

香夜の目を真っ直ぐに見て、たった一言だけ落とされた言葉。

スッと、香夜の頬を一筋の涙が流れ落ちる。

くしゃりと眉を下げ、余裕を失った表情で、こちらを見る識。喰らうべき花贄を抱きながら、その目に宿すのは愛情と狂おしいほどの切望。

深紅に濡れた識の瞳は、誰でもない、香夜自身を捉えていた。

荒れ狂うような情欲でも、哀れみに満ちた愛情でもない。

ただ、生きているだけでいいという、小さな小さな、温かい愛。

それは、桜が舞い散る庭の中で、香夜の頭を優しく撫でた父のような、見返りを求めない不器用な温度と同じで――。

忌まわしい花贄として死を願われ続けた香夜が、もっとも欲していた感情だった。

――私は、ここで……識の隣で、生きてもいいのだろうか。

凍てついた心の中に、か細い光が差し込み、氷を溶かすようにして暖めていく。こんな想いを、貰えるなんて思っていなかった。自分は冷たく恐ろしい常夜で、喰われて殺される運命なのだと思っていた。心を捨てなければ生きていけないほど傷つけられてきた香夜は、今まで自分を大切にすることができていなかった。しかし今、識から向けられた大きな想いが香夜の胸に届き、諦めていた幸せが思っていたよりも身近涙を拭いながら話す香夜を、識は静かに見つめていた。伝えなくてはいけない。識から貰ってばかりで、自分はまだ何も彼に渡せていない。

「……私……、私も……」

にあったということを知ったのだ。

識

「私も……識が、好きです。……だから、識を失いたくありません」
胸の内を切り取って、識に見せられればどんなにいいだろうと香夜は思う。それで
も拙い香夜の想いはちゃんと届いたようで――泣き出しそうに眉を下げた後、識の目
尻がほんのりと赤くなった。香夜を抱く識の力が強くなり、今までで一番香り高い桜
の香りが漏れた。
「……識、教えてください。識は、どうして呪いを受けたんですか？　月夜見の宝玉
は、今どこにあるの……？」
識の胸に身を預けながら、香夜は彼の身体に浮かぶ痣を見ていた。
――識を失いたくない。だから私は、この呪いを解かないといけない。
有栖が見せた過去の光景で、件が識に渡していた月夜見の宝玉。おそらく識は、あ
の宝玉を使って月に願ったのだろう。
香夜の問いに何も答えないまま、識の顔に影ができる。やはり、教えてくれる気は
無いのだろうか。そう思った瞬間、燃え盛る炎をも巻き込んだ暴風が地面に吹き付け、

凄まじい衝撃が辺り数メートルにわたって伝導した。羽織で香夜の身体をかばった識が、顔をしかめるのが分かった。識と香夜の身を隠していた平屋も、強い風によってめきめきと吹き飛ばされる。

「あぁ……ここにいたんですねぇ。捜しましたよぉ。百年前の追憶は楽しめましたか？　ねえ、識さま。これで己の力不足を思い知ったでしょう？」

不快な声色が聞こえ、識の視線が右へと逸れる。

視界が開けた路地裏を覗き込むようにして、有栖が立っていた。よく見ると、背広が所々パックリと切られているのが分かる。

「……お前は黙って僕の相手しろって言うたやろ化け狐ぇ。お前、元は人間なんやってなぁ？　一体どんだけ妖喰うたらそんなことになんねん、気味悪いにも程があるやろ！」

そう叫んで、弾丸のように有栖に食ってかかっていったのは凪だった。

凪がまとう風から伝わる魔力の香りは荒く、何かに強く苛立っているようにも見えた。

「……おい、識！　この借りは高くつくで！　僕らを城下の端っこまで飛ばしたこと、後で土下座して謝ってもらうさかいな！」

凪は細かく舞う鮮血の中で高らかに笑いながら、有栖が放つ光の弾丸を全て一本の刀で防いでいた。

ずっとうっすらと弧を描いていた有栖の口元が歪む。その表情に浮かぶのは、僅かな焦燥だった。

「先程も言いましたよねぇ、邪魔はしないでくださいと。わたしは今、あなた方に構っている暇は無いのですよぉ。あぁ、でも、そこにいらっしゃる常夜頭を殺してしまえば全て終わる話ですねぇ？」

「アホか、僕がまだここでピンピンしとるんや。手出しさせるわけないやろ。識に関しては三回くらいその弾当たればいいけどな！　伊織とにゃんこは仲良くぐーすかお寝んねしてもうたし！」

額に血管を浮き立たせてそう言う凪の言葉に横を見ると、伊織とセンリが倒れているのが見えた。

「ひやしあめ……」と呟いたセンリの鼻からは、鼻ちょうちんが二つも出ている。

地獄を体現したような有栖の力と、魔力で押し切る凪の技がぶつかり合い、空気までが震えていた。有栖の後ろにそびえる黒い九本の尾が自由自在に動き、飛翔《ひしょう》しながらかわす凪を追って地面をえぐる。それに加え、拳銃の追撃も止むことがない。しかし凪は射撃される弾丸や尻尾での攻撃を全て体術のみで避けきっていた。目にも留まらぬ早さで刀をふるう凪は、今までで一番好戦的で楽しげにも見える。反対に、有栖は凪の勢いに押されて余裕を失ってきているようだ。

「……怪我は無いか？」

香夜が頷くと、識は短く息をついた。

「……月夜見の呪いについては、後だ。今は空亡を始末しなければいけない」

トクリ、トクリと伝わってくる鼓動の温かさは、識の胸に抱かれていることを再認識させた。その熱い体温だけが、未だ現実と夢の間で浮足立つ香夜を現《うつつ》に繋ぎとめる楔《くさび》のようだった。

そっと香夜を地面に降ろした識の指先がそのまま香夜の頬を撫で上げる。

爪の先端で皮膚の浅いところをさすられ、ピクリと身体が反応した。

「……空亡は、有栖が妖の心を奪って操っている軍勢だ。頭領であるあの男を倒せば、場は収まる。これまでは有栖を倒したくても、巧妙に姿をくらまして見つけることができなかった。そんな男が、こうして姿を現し自らの手で俺たちと交戦している。何故か分かるか？」

「……私が目的だから、ですか？」

香夜がそう言うと、識は静かに頷いた。

「そうだ。あの男はお前の身体を使い、一千年前に愛した千代という女を蘇らせようとしている。そのために、千代の血を色濃く受け継いだ呉羽の魂を、お前の中に埋め込んだのだろう。呉羽を媒介とし、より確実にお前を器とするために」

魂を埋め込む。そんなことが可能なのだろうかと香夜は唇を噛み締めた。

ふと、香夜につけられていたという空亡の書の切れ端を思い出す。凪が見つけてくれたものだ。見慣れない呪詛が書かれたそれは、香夜の心を奪って操ろうとしたものだったというが――。

『千代の血を受け継いだ呉羽さまに、蘇りの呪詛をかければ……わたしの願いはかなうのですね？』

先程の追憶で聞いた有栖の言葉を思い起こし、ゾッとする。土御門有栖。安桜家に仕える陰陽師と同じ姓を持つあの男は、一体いつから香夜を付け狙っていたのだろう。

すると識の腕がゆっくりと動き、香夜の唇に触れた。

「そんなに強く噛み締めるな。傷が付くだろう」

そう言って目を閉じた識が、そのままそっと口づけた。

優しく癒すように、唇からにじみ出た血を啜られる。甘い快感を伴った痛みが襲うが、洗練された一連の動作に目を奪われ、動くことも、口を挟むこともかなわない。

「……この血は、俺のものだ。俺の許可なく流すことは許さない」

そう言った識は、わざと嬲《なぶ》るようにして香夜の傷を舐め上げた。識の姿は、毒を持った花のごとく妖しく麗しい。

　こうしている間にも城下町が壊されつつあるのに、識は気にする素振りすら見せず、ただ静かに獣のような目で香夜を見る。瞳の奥、揺らいで見えたのは独占欲だった。

　するとその瞬間、視界の隅で直線を描いた光線が横切った。識の腕に力が入り、パッと香夜の目の前へと手をかざす。

　息をのむ間もなく、鈍い衝撃が身体へと伝わった。

　香夜の前にかざされた識の手のひらから硝煙が上がる。

「……っ！」

　こちらに向かって流れた弾丸から識がかばってくれたのだと気が付き、その顔を見上げてぞくりとした。

　香夜の血によって濡れた形の良い唇が弧を描き、深紅の瞳が鮮やかに色を持つ。

　この妖に、勝てる者などいないのではないだろうか。

　そう思ってしまうほどに、場を震撼《しんかん》させる殺気だった。

　僅かに感じ取ることができた感情は、見つめる先にいる者への静かな怒りのみ。

　識が見つめる先には、凪と交戦する有栖の姿があった。

「識さまぁ、早く香夜さまをわたしに寄こしてください。大体、何故その花贄にこだわる必要があるのですか？　人は人を、妖は妖を愛するのが道理でしょう。女が欲しいのならいくらでも妖の女を用意して差し上げますよ？　……あなた方は気が付いてないのです。魔力を高める甘美な血に惑わされているだけで、そこに愛など存在しないということに！」

目を見開いて叫ぶ有栖の言葉を、識は表情を動かすことなく聞いていた。

そしてフッと鼻で笑い、燃え盛るやぐらへと視線を動かした識はそのままゆっくりと口を開く。

「あいにく、俺は香夜にしか興味が無い。俺のためだけに咲いた花だ。一生かけて、愛しつくすと決めている」

識はそう言って、腕に抱いた香夜の首筋に強く口づけ、冷ややかな眼差しのまま有栖を睨めつけた。

まるで、これは俺のものだと主張するかのように。

「……っ！」

頬が熱を帯び、香夜は無意識のうちに小さく頭を振っていた。しかし、むしろ強まる口づけの圧。

「……そうですか。それならば、力ずくで奪うしかないようですねぇ」

識の腕から垣間見えた有栖の表情は、今までの恍惚とした笑みとは違う、どこか冷えた怒りすら感じるものだった。目を細めて、香夜を見やる有栖。その瞳は石油色に濁っていた。

「ふふふふ、わたしにとっては、呉羽さまも香夜さまも大事な大事な器です。優しくしてあげますよ。さあ、わたしのところにおいでなさい」

　眉を下げ、嬉しそうに屈託なく笑った有栖の白い歯が光る。

　有栖がつけた耳の十字架が揺らぎ、識の芳香に混じって血なまぐさい腐敗臭が届いた。リン、と澄んだ鈴の音が鳴り、倒れていた有象無象の妖たちがゆっくりと立ち上がる。

「……常夜の月神よ、空亡よ。迷える魂に、救済を与えてくださいませ」

　有栖は空に浮かんだ赤い月を恍惚とした表情を浮かべて見上げると、神に祈りを捧げる時のように目を閉じて胸に手を当てた。

　やがてぶくぶくと音を立てて盛り上がった地面が、水のように波打ち香夜たちを狙う。波打つ淀みへ半身をうずめた有栖が、ゆっくりとした動作で香夜の方へ振り向き、愛おしそうに手を伸ばす。

「ああ……わたしの愛しい千代……今、あなたの元へ参りますゆえ」

　有栖がそう言った瞬間、鋭い雷の矢が落ち、辺りが真っ白になった。凄まじい爆発音と、衝撃波が香夜を襲う。ずっと包まれていた識の温もりが離れ、香夜の腕が空をつかむように舞った。

「香夜……！」

識の叫びが、耳に届く。有栖が放った雷による爆風で飛ばされ、傷だらけで倒れた香夜へと識が駆け寄っていくのが見えた。しかし、それは巧妙につくられた有栖の幻想で、本物の香夜は有栖の腕の中に捕らわれていた。

――違う、識……、それは私じゃない。

「香夜……香夜、目を覚ませ！」

――識、気付いて……お願い……。

有栖に抱かれ、口を塞がれた香夜の声は、識には届かない。ぬるりとした感触の水に包まれ、息ができなくなっていく。

「……ふふ、寵愛の花贄は災いを呼ぶとはよく言ったものです。いつもは冷静な識さまでも、傷だらけになった愛おしい人を前にすればあんなに動揺し我を忘れてしまうのですねぇ」

有栖がそう言って、ねっとりと笑う。その目の奥には、何も映していないようにも見える。ただ純然たる悪であることだけ理解できる気配が、黒くうごめいて九つの尾にまとわりついていた。

フフ、と上擦った声を上げて目を細めた有栖が、自身の顔に手をかぶせ面を取るような仕草をして見せた。有栖の手が動くにつれて、凪がつけた細かい傷や服の裂け目までもが綺麗に治っていく。

「……識さまぁ。今まで香夜さまを守ってくださり、ありがとうございました。ふふ、私はもう間違えません。今一度、この手に……千代を取り戻してみせます」

歪み切った顔で笑う有栖がそう言った時には、その身体についていた傷は全て何事もなかったかのように消えていた。

すると、うごめく九尾の影にハッとした表情を浮かべた識が、有栖に捕まった香夜を捉える。

「し……き……！」

必死に識へと手を伸ばすが、あと少しの所で届かない。海の中に溺れて沈んでいくように、意識が遠ざかっていくのが分かる。

「……っ、待て……！　香夜！」

識がそう言って刀を振るが、その切っ先は有栖に届くことなく宙を斬った。

こちらをあざけるようにしてロザリオを手にした有栖の後ろに空間の淀みができ、やがて大きな濃紺の穴となった。

これには見覚えがある。口無しの間で常夜への扉が開かれた時に見た渦と同じ、空間のねじれだ。

——連れ去られてしまう。

場を満たしていた識の香りが薄まっていくのを感じる。有栖の黒い尾が揺れ、影となり濃紺の淀みに混じって消えていく。黒狼のために咲いた花を、飲み込んだまま。

「香夜……！」

識の叫びが耳に届くが、それもすぐ黒い水の中に飲み込まれ、ごぽ、と口から泡が溢れるだけだった。

飲み込まれる、溺れる、空間そのものを包み込む膨大な魔力の渦で、耳触りな笑い声がこだましている。

肺に粘った油のような水が入り込んでいく。息ができない、何も、聞こえない。

香夜は遠くなっていく識の気配と悲痛な叫び声に耳を傾けたまま、ゆっくりとその意識を手放した。

六章　虚ろな回廊

どくんと、心臓が大きく脈打った。

飛び起きるようにして立ち上がり、目の前に広がっていた景色を見て香夜は愕然とする。

「ここは……」

一面に広がるのは、波の動きに合わせて煌めく紫の海。

大きく肥え太った赤い月が、燃えるような明るさで夜空を占領していた。

今までに見たどれよりも大きく、おぞましい月明かりにぞくりと背中が粟立つ。

強く吹き付けた風が冷たい。高い塔の上に広がった回廊を、赤い龍が走る六本の龍柱《りゅうちゅう》が支えている。数百メートル下は見渡す限り海しかなく、ここが黒狼の屋敷や城下から遠く離れている場所であるということを認識させた。

回廊の内側にある広い座敷はシンと静まり返り、かかったままの几帳《きちょう》や脇息《きょうそく》から先程まで過ごしていた誰かの息吹《いぶき》を感じる。しかしそのどれもが古びて彩度を失い、中には埃が溜まっているものすらあった。

「……ここは、どこ……？」

色濃く感じる有栖の気配。嫌な予感がした。香夜をここに飛ばした有栖がすぐ近くにいるはずだ。

荘厳《そうごん》な回廊から座敷へと繋がる短い階段に足をかけ、小さな波音を立てて凪ぐ紫色の海へと振り返った。

瞬間、場に満ちた空気が変わるのが分かった。

腐敗臭が回廊に、空間全体に広がっていく。同時に黒い瘴気を孕んだ水のような影が畳の中央から湧き出し、みるみるうちに人影へと変化していく。

するとその瞬間、リン、と鈴の音が鳴り、黒い光が目の前の畳から溢れ出す。突如として現れた閃光に目を瞬くうち、それはやがて赤黒く波打つ水となった。

頭の中で、けたたましい警鐘音が鳴り響く。身体にまとわりつくようにして漂ってきたのは耐えがたい腐敗臭だった。

「……ふふふふ、やっと二人きりになれましたねぇ、香夜さま。ああ、私はやはり神に愛されている」

脳内を直接揺らす、ねっとりと上擦った声に息をのむ。

「……私の屋敷へ、ようこそおいでくださいました。愛おしい古の器よ」

香夜が目を瞬くと、長い濃紫の髪を揺らし、拳銃を手にした有栖が、喜悦《きえつ》に満ちた表情でそこに立っていた。

おぼろに白い死人のような顔がゆらりと歪む。

黒いフロックコートを身にまとった有栖の後ろには、狐の面を着けた妖たちが列をなしていた。その見覚えのある光景に香夜の背を冷たい汗が流れ落ちる。

凶悪な表情で笑う有栖と、その後ろに連なる空亡の軍勢。――そして全てを上から睨みつけるように、夜空を照らす満月。

これでは、追憶の中で見た光景……呉羽が命を落とした夜そのものではないか。

「ああ、こんなにも仰々《ぎょうぎょう》しい軍勢が控えていては、話しづらいでしょうか。ふふふ、あなたの身体に危害を加えるつもりはございませんので安心してください」

「その妖たちは……操られているのですか？　もし、心を奪って操っているのなら、解放してあげてください」

声が震えるのが分かった。識や凪とは違う、澄んだ悪意が有栖から伝わってきたからだ。

荒らされる前の城下町で見た、階級の違う妖たちが身分の隔《へだ》たりなく呑み交わしている光景を思い出す。識が作ったという、温かな光景を。もし、そんな妖たちを操り、自分の思うがままに洗脳しているのであれば許せない。そう思って香夜が有栖を見据えると、ふふふ、と耳触りな笑い声が返ってくる。

「それは私が操る、迷える魂たちのことですかぁ？　ふふ、操っているだなんて人聞きが悪いですねぇ。わたしは、魂を救済してあげているだけですよ。そう……こんな風に」

そう言うと、有栖は後ろに立っていた妖に自身の拳銃を突きつける。

「……やめて！」

香夜の叫びもむなしく、その場に数回発砲音が鳴り響いた。

ずる、と妖から力が失われ、黒い水となって有栖の身体に吸収されていく。

「……これで、この魂は救済されました。魔力はわたしの一部となり、消えた魂は空亡の供物となる。フフ、断末魔《だんまつま》が無い分、鎮魂歌としては少しわびしい気もしますが」

「……あ、ああ……」

香夜の口からこぼれた声が、喉を震わせた。

なんておぞましい光景なのだろうか。城下町で、意識を失ったたくさんの妖たちが自分の意志と関係なく操られているのを見た。もし、これがあの操られた妖たちの末路だとしたら。

空洞のような有栖の瞳が、震えおののく香夜を捉えた。

「……ふふ、とてもいい表情をするお方だ。……ああ、まさかわたしがここまでの所業を成し遂げられるとは……憎き九尾を喰ったかいがありました」

「……九尾の狐も、あなたが？」

「はい。九尾は……千代の魂を、私から奪った一千年前の常夜頭です。ふふふ、千代を失った悲しみで弱っていたところにつけこみ襲えば、すぐに討ち取れましたよぉ。……ですが、あっけなさ過ぎて、面白みがありませんでした。むしろ、わたしはこんな弱い妖に負けたのかと……気分が悪くなりましたよ」

有栖が、ぎり、と歯を食いしばるのが分かった。

――狂っている。

有栖は言葉を失った香夜をちらりと見ると、不気味な笑みを深める。

「私がどれだけ魔力を得ようと、千代の器はなかなか生まれませんでした。ですが私は諦めずに人としてそのまま陰陽寮に根付き、土御門として姓を名乗り、稀有《けう》な血を持つ一族のそばに寄り添い続けたのです。全ては、愛する千代を蘇らせるため……そして、わたしはついにあのお方の魂を収めることができる器に出会いました。空亡が生み出した……呉羽さまに」

全て、城下町で見せられた追憶で聞いたことと一致する。

石油色に濁った瞳が、呆然と佇む香夜を見据えた。その、身体にまとわりつくような眼差しに身震いする。

「奇跡だと、そう思いました。血管から細胞に至るまで、全てが千代の肉体と一致していた。つがいとなる常夜頭を失った悲しみで、心も失っていた。あとは、蘇りの呪詛をかけて千代を蘇らせるだけ……そう、思っていたのに」

有栖から、表情がスッと消える。

「呉羽さまは……千代の器は、あっけなくその命を散らしてしまった。情などに溺れ、識さまを救い、自ら身体を灰にしてしまわれたのです。空亡がまた、呉羽さまのような器を生み出すとは限らない。だから、だから、わたしはもう一度作ることにしたのです。器を、千代のために！」

「……それが、私……ですか」

喉から絞り出すようにそう言った香夜に、有栖がふっと顔を向けた。

「ふふ、思い出しました。貴女を孕んだことを知った時、あの女もそういう絶望に満ちた顔をしていましたよぉ。ほらぁ、こんな感じに」

そう言って心底愉しそうに嬌声を上げた有栖が、ロザリオに手をかざす。

濃紫の髪が揺れ、十字架のイヤーカフが鈍く光った。

すると、ピキピキと音を立てて有栖の顔が変わっていく。腐り落ちた果物のような匂いに包まれ垣間見えた懐かしい表情に、香夜は声にならない悲鳴を上げた。

「お母様……！」

——厄災の子。憎しみに震えた声で香夜をそう呼んだ、郁の憎悪に満ちた表情がそこにあったのだ。

「あなたはどうやら、色々なことを忘れているようですねぇ。……ああ、悲しきかな。最初は、この母親も幼いあなたを守ろうと必死になってわたしに立ち向かってきたんですよぉ？　ですが、途中で心が折れてしまったのでしょうねぇ。あなたを嫌悪し、遠ざけるようになった」

そう言った有栖が、母の瞳で香夜を見た。

——恐ろしい、厄災の子。

最初に郁からそう言われたのは、いつのことだっただろうか。それは、周囲の輪郭すらおぼつかない最古の記憶。香夜を見る母の瞳には、いつからか畏怖の色が浮かぶようになった。

は、と短く吐き出した息に、涙がにじんで鼻の奥が痛む。

「安桜郁を見つけたのは、常夜の月が赤く染まった夜のことでした」

有栖の顔に貼り付いた郁の表情が、割れた仮面のようにめきめきと崩れ落ちていく。

「宗家の血を色濃く受け継いだ彼女は、もうすでにあなたを身ごもっておられました。なので、呉羽さまの魂を呪いで硬化させた供物と、千代の身体の一部を飲み込ませたのです。今までは千代の身体のみ、飲み込ませていましたが、今回はより確実に器を生み出すため趣向《しゅこう》を凝らしたのですよ。そうすれば、あなたの母親は見事に、器を生み出してくれましたよぉ！　フフ、その時負った魔力の負荷からか、身体が弱ってしまったようですが」

「う……ああ……」

呼吸がままならない。肺がきしんで痛み、嫌な動悸が止まらない。

崩れていく郁の顔から目を逸らすことができなかった。

郁が香夜を冷遇した理由を、今ようやく理解した。郁はただ単に香夜を嫌っていたわけではなく、香夜を通して恐ろしい記憶を思い出していたのだ。

この男が、郁に香夜を産ませた。ならば——。

「お父様は……」

「……ああ、安桜の当主のことですかぁ？　あの男は八年前の晩、あなたをわたしから守り、逃がそうとしたのですよ。邪魔だったので、殺しました。……まあ、その後にまた邪魔が入りましたが」

さも、それが当たり前かのごとく、抑揚の無い声で紡がれた言葉。

「なんてことを……！」

香夜の身体を張り裂くように出たのは、憎しみに満ちた叫びだった。心が、胸が、痛くて燃えるように熱い。この男が父を殺したのだ。香夜の居場所を奪い、全てを壊した宿敵《しゅくてき》が目の前にいる。

「……どうしてそんな風に笑えるの、命を、人の思いを踏みにじっておいてどうして……！」

「ふふ、ふふ、何をそんなに熱くなっているのですかぁ？　あなたは今宵、わたしにその器を受け渡すだけでいいのです。さあ、早く、早く心を手放してください!!」

両手を広げて、嘲笑を浮かべる有栖の後ろで波打つ九尾の影が、大きく膨らんでいく。

熱くて、苦しくて、たまらない。香夜の中にある記憶が、父の温もりが、憎しみで歪む。噛み締めた唇から流れた血が、口内に鉄の味を広げた。

「ふふ……そうですねぇ……それでは、あなた自身の過去を見せてあげましょうか。いつの間にか忘れ去ってしまった、過去の幻影です。……あなたが見る惨劇を共に感じられないことだけが残念ですが、存分にその心をすり減らしてくださいませ」

胸元で光る銀のロザリオを握りしめ、口づけをした有栖。すると、湧き出た黒い影が九本の尾へと姿を変えた。

城下町で見た時よりも数段大きくそびえ立った尾が、みしみしと音を立てて塔の天井を押し上げる。そしてその尻尾は、香夜にまとわりつくようにして身体を包み込んだ。

「嫌……やめて……！」

何度も体感した、波の中に飲み込まれていくような感覚が襲う。

――追憶に、また飲み込まれてしまう。

視界が淡く染まり、生温い闇が香夜を飲み込んだ。

数回目を瞬いたのち、見えてきたのは香夜が生まれ育った安桜の屋敷だった。ずいぶんと久しぶりに浴びた気がする日の光は、目を閉じてしまいたくなるほどにまばゆい。

　中庭に咲いた桜の樹と、その下で遊ぶ幼い香夜の姿が確認できる。

　淡い色彩で彩られたその光景は、泣き出してしまいそうなほどの懐かしさで満ちていた。うららかな春の日差しの下、舞い落ちる薄紅に目を細めながら紡ぐのは優しい子守歌。

　一瞬、香夜が時々見ていた夢の中に迷い込んでしまったのではないかと思った。この光景は、何度も見たことがある。夢の中で香夜は誰かの名前を呼んでいて、大きな背中が香夜の声に振り返るのだ。

　――これは、私の……過去？

　ずっと、何かを忘れているような気がしていた。それでも思い出そうとすればするほど、頭が痛くなって心が痛んだ。何か大きな力が、香夜の記憶を封じ込めているようだった。

「――識！」

　あどけない声で幼い香夜が呼びかけた先にいた人物を見て、息をのむ。そこには、紫紺の羽織に身を包んだ識が佇んでいた。

「……識？　泣いているの？」

「……泣いてない。お前は、いつもそう言うな」

「だって、いつも泣いているように見えるもの。会った時からそうよ」

幼い頃の自分が、識と会話をしている。

忘れ去っていた過去を目の当たりにして、香夜は「嘘……」と呟いた。

「私、識が妖だってこと知ってるわ」

幼い香夜が、持っていた手毬《てまり》を置いて識に近寄る。

――思い出した。幼い頃香夜は、自分がいつか連れ去られてしまうという妖の国に、ずっと思いをはせていたのだった。夜が永遠に明けないという世界は、どんな国なのだろう。不思議な力を持つ妖の国は、きっと、少し怖くて、とても美しい世界なはずだと。

「妖の国は、ずっと朝が来ないままなんでしょう？　だから、識はいつも泣いているの？」

幼い香夜が首を傾げると、識の表情がかすかに険しくなった。

「……何故そんなことを言う？」

「だって、夜は暗くてさみしいもの」

――さみしいなら、私が……。

追憶を眺めていた香夜は、その後に続く言葉を自然と口にしていた。

「さみしいなら、私が明るくしてあげる。私ね、大人になったら妖の国に連れていかれちゃうの。そうしたらいつだって識に会えるわ」

桜の木の下で、幼い香夜が識の裾を引っ張ると、素直に屈んだ識。そのまま幼い香夜は識に抱きつき、小さな手が、識の黒髪を撫でた。

「だからもう泣かないで」

そう言って明るく笑った幼い香夜に、識は目を丸くする。

「……お前は、太陽みたいだな」

それまで能面のように固いままだった識の表情が、ふ、と柔らかくなった気がした。

すると、向き合った香夜が嬉しそうに声を弾ませる。しかしその声も、数秒後には暗いものに変わった。

「ふふふ。……でもね、お母さまが言ってたの。妖の国に連れていかれるより前に、私は死んじゃうかもしれないんだって。妖に、殺されちゃうかもしれないって」

「……死なない」

少しの間を置いて、瞳に光を失った識が幼い香夜を見つめる。

「俺が、お前を死なせない。俺がお前をずっと守ってやる。……だから、いつでも俺を呼べ。お前が俺を呼んだなら、成人前だろうがなんだろうがお前を連れ去ってやる」

すっと心に入ってきた識の言葉に、その光景を見ていることしかできない香夜の頬を涙が伝う。

「……本当？　本当に、私を守ってくれる？」

「ああ、本当だ」

「……じゃあ、私も識を守ってあげる！　そうしたら、おあいこでしょう？」

幼い香夜が嬉しそうにそう言うと、識の目が大きく見開かれた。

古めかしい絵巻のような質感をした光景に亀裂が走る。ああ、もうすぐ終わるのだ。

もうすぐ、この春時雨《はるしぐれ》のように暖かい追憶が、切り替わってしまう。

眼前、揺らぎ始めた世界に、そう感じ取る。

――私は、どうして今まで忘れていたのかしら。識は、ずっと前から私に会いに来てくれていたのに。守ってくれていたのに。

すると、目の前に広がっていた暖かな陽だまりのような光景が、冷たく無機質なものへと変わる。

「……っ」

いつの間にか、追憶の光景は夜になっていた。

香夜が辺りを見回そうとした次の瞬間、桜の樹の下に立っていた人影に目を奪われ、思わず手を伸ばす。

「お父様……！」

いつかの父が、そこに立っていた。

父は誰かに向かって刀を向けている。その相手が誰か分かった瞬間、香夜は再び息をのんだ。

土御門有栖だ。人間の姿をした有栖が、父の前に立っているのだ。

「……お前は、土御門家の……。そうか、お前だったのか」

父が刀を向けながらそう言うと、有栖の口元がにやりと弧を描いた。

「ええ。こんばんは、安桜の当主様。ふふ、物騒なものを向けるのはやめてもらえませんかぁ？　わたしはただ、花贄としての血が開花した香夜さまにご挨拶をしに来ただけですよ」

「……香夜には会わせない。帰ってくれないか」

「ここまで来て退くわけがないじゃないですか。……はぁ、あなた方の加護を抜けるためとはいえ、仮初の姿では力が出にくいんですよ。なので、手っ取り早く終わらせたいのですが……本当に邪魔ですねぇ。親の愛というものは」

有栖は父が向けた刀をいとも簡単に曲げ、そのまま自身の腰に差した刀を取り出すと父の胸を一突きした。父のくぐもった声が聞こえ、声にならない悲鳴が、香夜の喉から出た。

「嫌、嫌、お父様……！」

すると、父の胸を突き、何かを飲み込んだ様子の有栖がみるみるうちに萎《しぼ》んでいく。

それはおよそ信じがたい光景だった。有栖が、父の身体の中へ移ったのだ。

父の身体へ移り、父そのものになった有栖が、おぞましい笑みを浮かべて歩き出そうとした、その時だった。

まばゆい鱗粉を放った蝶が夜闇に舞い、桜の香りをまとった風の渦が巻き起こる。

思わず、その光景を見ていた香夜から小さな声が漏れた。

蝶と共に現れたのは紛れもなく、赤き瞳を持つ黒狼、識だった。

識が手に持っていた紙のようなものが、はらりと風に乗って舞っていく。父の姿に変わった有栖がその紙を見て舌打ちし「……主従の札か」と呟いた。

識は何も答えない。そして父の姿になった有栖と対峙し、少し躊躇したのち、長刀を向けた。しかし顔色が変わり、何かに気が付いたように識が振り返る。

「……お父様？　こんな夜更けに、何をしているのですか？」

識が見据える先に、屋敷の縁側から、眼をこすりながら中庭へと歩いてくる香夜がいた。父が亡くなった夜、十歳になったばかりの頃だ。

――嘘、こんな光景……覚えてない。

「来るな」

緊迫した識の声が耳に届く。しかし、幼い香夜はその歩みを止めない。

「……識？　どうして……お父様と刀を向け合って、何をしているの？」

「来るなと、言っているだろう……！」

識がそう叫んだその時、有栖が思い切り刀を振り下ろした。

「……っ、危ない……！」

それは、あっという間の出来事だった。

識と有栖の間に、幼い香夜が割って入る。そして、躊躇することなく振り下ろされた刀が、香夜の身体を貫いた。

「うっ……あぁ……」

「香夜！」

識の叫びが、しんと静まり返った屋敷の中庭に響き渡った。幼い香夜から流れ出た鮮血が、足元まで流れてくる。そのあまりの衝撃に、声が出なかった。

「香夜……香夜……、ああ、何故だ。何故、俺を守った……！」

「……守るって、約束したもの。……それに、その人はお父様じゃない。……お父様は、こんなこと……しない」

幼い香夜はそう言って、うろたえる識の頬を撫でた。識の頬に赤い血が付く。

その横でぼうっと佇んでいた父から、黒い瘴気が消えていく。そのまま力が抜けたように倒れ込んだ父の身体が、灰となって崩れ落ちていくのが見えた。

「ああ……ああ……器が、千代の、器が……」

父の灰から出てきた有栖が、血まみれになった香夜に駆け寄ろうとする。それを、識の蝶が止めた。

「——ぎゃぁ！」

白い光を放つ識の蝶に集《たか》られた有栖が悲鳴を上げる。仮初の姿だという有栖の身体は、識の蝶が触れた瞬間黒い水となって地面に潜っていった。

石油のような質感の水がぶくぶくと地面へ消えていくのを見ようともせず、識は切羽詰まった様子で香夜に守護をかけつづけていた。

「……頼む、消えないでくれ。……俺は、また何も守れないのか？　お前まで失ったら、俺は……」

「……識、泣いているの？」

「……っ」

「……お願い、泣かないで。……私が、明るくしてあげるから」

そう言って微笑んだ幼い香夜から、力が抜けていく。青ざめ、真っ白になった識の頬に涙が伝う。そのまま震える手で識が取り出したのは、翡翠色に輝く硝子玉——月夜見の宝玉だった。

「……月神、願いを叶えろ。香夜の命を救え。……俺の一番大切なものだ。救えるのなら、何だってする。俺の全てを捧げると誓う。だから、だから……！」

その刹那、泣き崩れるようにして叫んだ識の手にある月夜見の宝玉が、まばゆい光を放った。宝玉から差した光はぐったりと倒れ込んだ幼い香夜の身体を包み、瞬く間に傷を治していく。

「くっ……は、……ぁ！」

穏やかに鼓動を刻み始めた香夜と比例するように、識が苦しげなうめき声を上げた。

美しいその体躯《たいく》に広がっていくのは——月夜見の呪い。薄黒い痣が識の身体を蝕み、常夜頭の紋印に絡みつくようにしてまとわりついていくのが見えた。

識の手から落ちた月夜見の宝玉が、呆然と光景を見る香夜の足元へと転がってくる。香夜がそれを震える手で拾うと、熱を持った宝玉からすう、と光が失われた。

「……香夜」

識の薄い唇が自分の名を呼ぶ。耽美《たんび》な顔を呪いの苦痛に歪めながら、心から愛おしいものを見るように、赤い瞳が色を持つ。

甘い焦がれに染まった識の声色は、香夜の胸を腐食するかのように響いた。

「……識」

——識は、有栖に身体を奪われた父を救おうとしてくれた。……そして、私を救ってくれた。私を救って、呪いに侵されたのね。

識の名を呼び重ねるごとに、心の中で疼く感情が漏れ出してくるのが分かった。

香夜の頬を濡らすのが、涙なのか何なのか最早分からなかった。

痛い、痛くてたまらない。嗚咽するように溢れてくる自分の感情が、遠ざかっていく景色に追いついてくれなかった。

きっと、今の自分はひどい表情をしているに違いない。識を呼ぶ香夜の口は自分の意志とは関係なく動き続ける。

「……識」

目を閉じ、最後に絞り出した香夜の声は掠れていた。胸をえぐるような愛おしさと、切なさが身体の奥底から湧き上がってくる。

――どうして忘れていたの。どうして私は、今まで何も知らずに……。

力無く吐いた息が、水泡のごとく春の空気に消えていく。

何もかもが黒に飲み込まれてしまいそうだったその瞬間、甘やかに香夜を包んだのは、かぐわしい桜の香りと優しい温もり。白く輝く蝶が、香夜の眼前を覆っていく。

思えば、いつだってこの光り輝く蝶が、暗く冷たい場所にいる香夜の心を導いてくれた。

間近に感じる愛おしい香りに、香夜は身をゆだねるようにして目を閉じた。

七章　寵愛の花贄

「……私はもう間違えません。今一度、この手に……千代を取り戻します」

そう言って、空間の狭間に身を埋めた宿敵を見た時、識はとっさに手を伸ばしていた。有栖の腕に抱かれ、涙を浮かべながらこちらを見る愛おしい花贄の姿が見えたからだ。

──嵌《は》められた。

このまま、香夜が連れ去られてしまう。瞬時にそう判断し、頭が真っ白になる。

とっさに蝶を出し、刀を振るが間に合わない。九尾の狐を筆頭に、多数の妖を飲み込んだ男は憎らしい笑みを浮かべたまま、香夜を抱いて濃紺の渦へと消えていった。

「……っ、香夜ちゃん……！　そんな、嘘やろ……」

離れたところで有栖が操っていた妖と交戦していた凪が、空中に消えゆく空間の狭間を見て絶句する。有栖がいなくなったことで術が切れたのだろう、その後に続いて駆けつけた伊織やセンリもまた、目を見開き空中を見つめていた。

「香夜が、連れていかれちまったのか!?　凪さま、どうしよう……香夜はどうなるんだ!?」

「ああ……さっき識から聞いた話が正しいなら、……抜け殻みたいになった香夜ちゃんの身体を使って蘇りの呪詛をかけるつもりなんやろ。きっとあの化け狐は何でもする。千代っちゅう女を蘇らせるためなら何でもな」

目の前が暗くなる。気を抜くと辺り一帯を更地に変えてしまいそうなほど、識は苛立っていた。身体中に巡る黒狼の血が、殺せ、殺せと喚いている。香夜のためなら、何でもすると誓った。香夜を救うためなら、この命すら捧げると。識の身体を蝕み、心臓に達しようとする月夜見の痣がそれを教えてくれる。

識は、香夜の父親である安桜の先代当主と主従の関係を結んでいた。何かあった時、すぐに安桜の屋敷へと飛べるようにするためだ。香夜が十歳を迎えた晩、有栖に乗っ取られた主人が、主従の札を使って識を呼んだ。──そしてあの惨劇が起こったのだ。

幼い香夜の命が消えかけていることを知った時、識は感じたことのない焦燥に襲われた。香夜を失ってしまうと思っただけで、冷や汗が止まらなくなり、手が勝手に震え出した。もう、あんな思いは二度と御免だ。

「……有栖を殺す」

香夜が消えた宙へと手をかざし、蝶を出そうとした識を凪が止める。

「待て、有栖はきっと自分の屋敷に香夜ちゃんを連れてったはずや。……九尾の屋敷がどこにあるかは、誰も知らん。それにあの屋敷は妖の術を拒む。やから、識の蝶は使えん」

「じゃあどうしろと？　時間が無いのは分かっているだろう」

怒気を含んだ識の眼差しに、凪の横にいたセンリがびくりと飛び上がった。

すると、長いため息をついた伊織が口を開く。

「……何か、媒介になるものは無いわけ？　術が使えなくても、気配をたどっていくことくらいできるだろ。例えば、まじないとか……呪詛とか」

面倒くさそうにそう言った伊織に、凪がハッとしたように顔を上げる。

「それや。屋敷の門前で香夜ちゃんと会うた時に落とした空亡の書の切れ端がある。この呪詛の残り香をたどっていけば、香夜ちゃんを見つけられるかもしれん。……識」

凪から渡された切れ端を受け取り、識が今一度、宙に手をかざす。すると夥《おびただ》しい数の蝶が発現し、常夜の空を覆った。やがて蝶の群れは一筋の光へと変わる。

光の指す方へと識が刀を振ると、そこに空間の狭間ができた。香夜がいる場所へと繋がる狭間だ。

「おい伊織、どこ行こうとしとんねん。有栖の屋敷はこっちや」

「……いや、行くわけないでしょ。死んでもお断りだ」

「オイラは行くぞ！　香夜を守るって約束したからな！」

――香夜。

識は、胸の中でうめく瘴気を抑えるようにしてその名を呼んだ。頭の中で何度も、何度も繰り返し呼んだ名だ。

光に導かれ、空間の狭間へと足を踏み入れる。黒く淀んだ水中に、沈んでいくような感覚がした。やがて暗闇の中を抜けた頃、たどりついたのは常夜の果ての塔、九尾の屋敷だった。

高い塔で構成された回廊の周りには、紫の海が広がっている。冷たい風が吹き付け、識の黒髪を揺らした。ふわりと、甘い香夜の香りが鼻腔をくすぐる。惹きつけられるようにして目線を動かせば、回廊に囲まれた座敷の中心で香夜が横たわっているのが目に留まった。覆いかぶさるようにして彼女を組み敷き、乱れた着物からこぼれた真っ白な肌に指を這わせていたのは――土御門有栖。

頭で考えるよりも先に、識の本能が刀を振るっていた。誰よりも早く、的確に有栖の急所を突けるように繰り出された識の攻撃は、うねる九尾の影に阻まれる。

「ああ……あなたはいつも私の邪魔をするのですねぇ……識さまぁ！」

「香夜に何をした」

「今は、過去の幻影を見てもらっています。時折涙を流していたので、きっとそれは愉《たの》しく残酷な夢を見ていることでしょう」

もういい、我を忘れて殺してしまおう。頭の中で響く声に身を任せて刀を突き刺せば、有栖の身体は器から流れた水のように弾け飛んだ。

「ご……ふ……っ」

気味の悪い笑みを湛えたまま、畳に沈んでいく有栖。恐らく、またしばらく経った後に人の形を取り戻して蘇るのだろう。

有栖の魔力は、特段強いわけではない。あくまでも元人間であり、本来ならば力で妖にかなうはずもないのだ。しかし、有栖は何体もの妖を喰らって強靭《きょうじん》な張りぼてを手に入れている。そして何度も交戦してきたはずの識や過去の常夜頭が有栖を討ち取れていない最大の理由は、有栖の人並み外れた危機回避能力にあった。

それでも、有栖から感じる気配が明らかに変わってきているのも事実だった。もう少し、あと一歩で九尾の喉元に切っ先が届く気がする。

識が再度、畳に刀を突き立てようとしたその時、横たわった香夜がピクリと動いたのが分かった。

「……識」

か弱い声で識の名を呼んで、涙を流した香夜。思わず駆け寄り抱き寄せれば、温もりを求めるようにして顔をうずめてくる愛おしい花。あまりに愛らしいその仕草に、識は小さくため息をつき目を閉じた。自身の中で猛る獣の本能が、収まっていく。

――月夜見の宝玉に願った代償として、識が奪われたものは二つ。それは、命の時限と、香夜の記憶だった。香夜はあの日を境に、識と過ごした記憶を丸ごと忘れてしまったのだ。香夜の記憶が無くなったことを知った時、識は不思議と腑《ふ》に落ちていた。

自分でも気付かぬうちに、香夜が命と並ぶほど大きな存在になってしまっていたことを、奇しくも月に教えられてしまったのだと。

「……香夜」

そう呼ぶと、香夜の表情がほんの少しだけ綻ぶ。

目線をずらした識は、香夜の帯の中に見慣れた護符を見つけて抜き取った。香夜の身を守る護符として、ずっと前から識が仕込んでいた主従の札だ。いつか彼女が自分を呼ぶその時まで、香夜の元へは現れないようにした。しかし、香夜が助けを呼んだ日、光を失った目をして折檻を受ける彼女を見て、識は自らを責めた。どうして香夜を一人にしてしまったのか、何故、そばにいてやらなかったのか。自身の愚かさに対する失望は怒りとなり、香夜を虐げていた者たちへの憤りとなった。

「……香夜、目を覚ませ」

己の中で熱く茹だるこの感情は、永い夜の中で感じた焼き切れるような絶望とは違う。それどころか、凍りきった心をじくじくと溶かすような切ない疼きだ。感じたことの無い類の感情に、識は眉をひそめ、深く息を吐いた。

香夜に触れるたび、識の荒んでいた心は癒されていく。それでも、欲のおもむくままに香夜を求めてしまう自分がいた。このままでは、何よりも大切なものをまた自身の手で壊してしまう。そう思い、香夜を常夜へ迎えるという悲願を達してもなお、識は彼女を遠ざけた。それでも、幾度となく香夜は識の心へと入り込んできて、温かな口づけを降らせるように寄り添った。

『私も……識が、好きです。……だから、識を失いたくありません』

涙を流し、震えながら香夜がそう言った時、識はずっと胸を蝕んでいた孤独が溶けて消えていくのを感じた。喉から手が出そうなほどに切望していた香夜の想いは、触れたら壊れてしまうのではないかと思うほどに純粋で、ただ、愛おしかった。

もう、いいだろうかと、識は目を閉じる。もう、自分の感情から目をそむけることなく香夜を愛してもいいだろうか。歯止めが効かなくなっていることくらい、識にも分かっていた。いずれ目を覚まし、全てが終わった時にもまだ香夜が自分のそばにいてくれたとしたら、その時は――。

眠る香夜を胸に抱いたままゆっくりと宙に手をかざすと、白い蝶が彼女の身体を包んだ。すると、切なげに歪んでいた香夜の表情が穏やかなものとなる。

識はそのまま香夜の頬に残っていた涙の跡を拭い取り、強く額に口づけをした。

柔らかな温もりに包まれ目を覚ますと、香夜の身体は識に抱き寄せられていた。

涙でぐちゃぐちゃの香夜を、今まで見せたどの視線よりも優しい眼差しで見る識。

「……識？」

何度も呼んだ、その名をまた口にする。まだ、有栖の幻術を見せられているのだろうかと識を見つめると、熱を孕んだ視線が落とされた。戸惑う香夜を抱きすくめた識から、優しい口づけが降ってくる。

「識……ごめんなさい」

涙を溢れさせて香夜がそう言うと、識は少し困ったように眉をひそめた。

「……何故、香夜が謝る？」

「……過去を見せられました。私……何故か、ずっと忘れていたんです。私の父の最期を……識が、月夜見の呪いにかかった夜の光景を見ました。識は……私のせいで、呪いにかかって……」

識は、言葉を続けようとする香夜の唇を指の背で止めた。そのまま、穏やかに微笑んだ識。

「俺は、俺の願いを叶えたにすぎない。それに、記憶が無くなっていたのは月夜見の代償が記憶を奪ったからだ。……お前の記憶が無くなってからは、もう二度とあんなことが起こらないようにとお前を避けていた。……だが、そのせいでお前を孤独にさせてしまった。……すまない」

「……っ、そんな……こと」

抱きしめられた先にある識の鼓動があまりに優しく響くものだから、余計に涙が溢れてしまう。

「……はは、ここが九尾の屋敷か。城下町で仕留められんかった狐の首をこんな見晴らしのいい場所で取れるなんてなぁ。なあ識、呪いに侵された病人は寝とった方がええんとちゃうか？　なんか僕、さっきから出番持ってかれてばっかりやし」

座敷の向こう、空間にできた狭間から顔を出した凪を見て、香夜はあっと声を出した。

凪の後には、センリと伊織の姿も見える。

「な、凪さま！　急に走っていかないでくれよ！　お、オイラ高いとこ苦手なんだよ！」

手に持った刀を軽快に振りかざし、風を集める凪と凪の足元にしがみつくセンリ。

その後ろでは、鬱々とした気を放ちながら何かをブツブツと呟く伊織の姿があった。

「……はぁ、ほんと無理なんだけど。死んでも行かないって言っただろ……。有栖の屋敷なんて、不吉以外の何物でもない。はぁ、凶日だ……。ねえ、俺だけ降りるから誰か試しにこっから落ちてみてくんない？」

「お前蜘蛛糸で簡単に降りれるやろ。何どさくさに紛れて誰かを落とそうとしとんねん」

「はぁ？　降りれるわけないだろ、どっかの馬鹿天狗みたいに飛べるなら別だけど、ここはすでに九尾の術中にある。糸なんか簡単に断ち切られるよ。考えたら分かるだろ」

「……はは、なぁ、誰か伊織を下に突き落とすの手伝ってくれん？」

目の奥が笑っていない凪と、目が死んでいる伊織。

両極端な魔力をまとった沈丁花と水仙の香りがこちらまで漂ってくる。二人の間に流れるピリピリとした空気をセンリが慌てた様子で仲裁《ちゅうさい》している姿を見て、香夜はふっと軽い息をつく。

その時、耳障りな鈴の音がリンと鳴った。回廊の座敷に満ちる有栖の腐敗臭が、強くなる。

「……俺から離れるな」

そう言った識が羽織をはためかせると、煌めく蝶と共に、黒く長い刀が出現した。凪や伊織もまた、武器を片手に姿勢を低くしている。鼻を刺す死臭に包まれた混沌《こんとん》とした影が九尾の姿を現す。

「……これはこれは。またもや皆さまお揃いで。フフフ、これだから弱者は嫌いなのですよぉ。弱き者は、ぞろぞろと群れを作るのがお好きなようですからねぇ」

すると、額に汗をにじませ、眼光を強める有栖が続ける。

「ふふふ、全員まとめて空亡の供物にして差し上げましょう。……さぁ。私の愛おしい魂たちよ、出番ですよ」

ゆっくりと有栖がその手を振り上げる。すると後ろに控えていた空亡の軍勢が一斉に姿勢を低くし、有栖の合図と共に武器を構えた。空間に張り詰めた痛いほどの殺気が肌を刺す。

識の腕が、香夜を力強く引き寄せた。

「識」

「身体を寄せろ」

識がそう囁いた瞬間、目にも留まらぬ斬撃が座敷のあちこちで起こった。

金属が激しくぶつかり合う音と、鋭く風を切る音が耳に届く。

「……っ、何やこいつら！　気絶させてもさせても起き上がってくる！　伊織!!　この量、捌《さば》けるか？」

「誰に言ってんの。……でもこの猫のお守りだけは解せないな。なんで俺が守りながら戦わなきゃいけないわけ？　お前が使役してる猫だろ、凪」

次々と襲い掛かる敵の攻撃をかわしつつ、刀を振るう凪と伊織。

空虚な目をして小刀を手にした伊織は、泣きながらバタつくセンリを雑に抱えて血管を浮き立たせている。

「わわわわ!!　っ、土蜘蛛さまっ!!　オイラのこと離さないでくれよ……っ!?」

「センリ死なせたら僕、怒るで～。頑張ってなぁ、土蜘蛛さま」

「……お前もろとも殺したいんだけど」

抑揚の無い声でそう言った伊織の額に浮き出た血管が増える。

それでも、思わず見入ってしまうほどの身のこなしだ。

倒れても倒れても。カラクリ人形のように起き上がる妖を、二人揃って軽くいなしている。

「ふふ、ふふふ……本当に、虫唾《むしず》が走る光景だ。識さまぁ、あなたは一度ならず二度までも私から器を奪おうというのですか!」

そう叫びこちらに向かって拳銃を構えた有栖の元へ、つむじ風と共に二つの羽織が襲い掛かる。鋭い金属音がいくつも鳴り響き、攻撃を受けた有栖の身体に傷が増えていく。

ひらひらと羽ばたく蝶の鱗粉が光り、消える。

薄い笑みを湛えて刀をかざした凪と、射るような眼差しで有栖を見る識の刀身が有栖の腕を捉えていた。

「……はー？　あの体勢からよく動けたなぁ？　病人は大人しくしとけ言うたやろ、香夜ちゃんを守るんは僕一人で十分やっちゅうねん」

「……気安く香夜の名を呼ぶな。一人で十分なのはこちらの台詞だ」

「いや、香夜ちゃんは僕とおった時の方がええ顔しとった！　なぁ、香夜ちゃん！　いっつも目血走らせとる陰気くさい狼より僕の方がええよな！」

「黙れ。お前もろとも殺してやる」

お互いににらみ合った二人の、凄まじい魔力が空間に満ちる。

識と凪が放った斬撃が次々と空亡の軍勢を倒す。力の差は、こちらから見ても歴然だった。

しかし最初に攻撃を受けたはずの有栖の傷は、瞬きをする間に消えていた。

耳障りな笑い声が香夜の鼓膜を揺さぶり、思わずぎゅっと顔をしかめる。

「本当に……あなたはわたしを苛つかせますね、識さま。どうしてあなた方なのです？　どうして、いつもいつもいつも、妖はわたしから愛する人を奪っていくのですかぁ！」

「何をそんなに熱くなっているんだ、有栖」

そう言って薄く笑った識が、余裕の表情で有栖を一瞥した。

すると顔を歪めて舌打ちをした有栖が口を開く。

「識さまぁ、これはあなたのために用意した舞台でもあるのですよぉ。さぁ、今こそあの夜をやり直しましょうぞ！」

「ああ、そのつもりだ。……今度こそ、終わらせてやる」

識が艶やかに微笑すると、塔の吹き抜けに薄紅色の花びらが舞い込んだ。

花吹雪の中で笑みを湛え、なめらかに反った刀身を構える識は、震えるほどに美しい。

リン、と鈴の音が鳴り、有栖がロザリオに口づける。

すると床に倒れていた妖たちが再びゆらりと立ち上がった。

一斉に斬りかかる妖たちを、物ともせずに片手で倒していく識。光を放つ深紅の瞳が、夜空に燃える月と同じ温度で揺らぐ。

識が刀を一振りするたびに、きらきらと輝く蝶が座敷に舞い込む。

一切隙の無い識の魔力は、冷たく恐ろしいものではなく、どこか暖かな熱を帯びていた。

未だ震える脚を励まし、香夜はゆっくりと立ち上がった。

識が、こちらへ攻撃が降りかかってこないよう守ってくれている。漂ってくる桜の香りと、包み込むような温もりがそれを示していた。それでも、香夜は結末を見なくてはいけない。終わりを、しっかりと自分の目で確かめなくてはいけない。

そう思い、父の懐刀を握りしめる。

その時、水仙の芳香がすう、と香った。

薄墨色の毛先についた藍色の石が、視界に揺れる。

隣で膝をついた人物に、僅かに驚き目を丸くすると、深いため息が落とされた。

「……何、こっち見るなよ」

「……どうして？」

そう尋ねると、伊織は難しい顔をした。

彼が放つ白い光が、香夜の全身を覆っていく。

盾をつくり、攻撃から守ってくれているのだ。

「識の魔力が変わった。こんなこと、今まで無かったんだよ。……それに、俺は医者だ。激戦の中で何の力も持たない人間がぼーっと突っ立ってたら守らないわけにはいかないだろ」

「ありがとうございます、……伊織さん」

目を見つめて微笑むと、伊織は少し目を見開き、そのままふい、と目を逸らした。

「……空亡の、狐の面を着けた妖たちは全部あの九尾が操ってるものだ。だから、あいつの術さえ切れてしまえば救える。……でも、あれは多分もう……」

「……はい」

伊織の言葉に深く頷いた香夜は、もう一度識の方を見た。

風を味方につけ好戦的に有栖の弾丸を弾く凪に対して、繊細かつ鮮やかな太刀筋で魔力を放つ識。

凛と澄んだ識の殺気は隙が無く、この場に満ちる空気までをも圧倒していた。

荒れ狂った津波のように追撃する影を、識が舞わせた蝶が打ち消す。

柔らかな春風が、白い花びらを巻き込んで吹き付ける。雲間から差し込んだ赤い月明かりに照らされた花びらが、真っ赤に燃える。

全ての事柄が、識の圧倒的な力に呼応するかのように、震えている。

その力は、まさに夜を統べるにふさわしい常夜頭そのものだった。

「どうしてですか、どうして、どうして、あなたはそんなにも……！」

そう慟哭し、有栖は自身の頬に手を当てる。

割れた陶器のようにボロボロと崩れていく有栖の顔を、静かに揺れる深紅の瞳が見据えていた。

一部の隙もない識の〝気〟の中に、僅かな哀れみがにじんでいる。

「……俺は、俺のつがいを見つけた。その光は真っ直ぐ俺の心に入ってきて、俺の弱さをも包み込んだ」

そう、静かに呟いた識の声が、香夜の心を揺らす。

「つがいが、何だというのですかぁ、あなたがその力を手にしていいはずがない、妖と人間が結ばれていいはずがない、その力は、わたしの、千代のために！」

「まだ自分で気が付いていないのか、有栖」

落とされた識の声に、有栖が顔を上げる。

亀裂が入った隙間から崩れているのはその顔だけではない。有栖の四肢や、全身が崩壊し、段々と灰になっている。

有栖の身体が崩れるたびに、鼻を刺す腐敗臭が強くなっていく。

「狂った情愛に囚われ、使役する軍勢に至るまで亡霊と成り果てたのはお前の方だ。……有栖、お前は一体、いつから死んでいたんだ？」

「……は、……ぁ？」

美しく輝く蝶の鱗粉を絡めた識の刀が、呆然と立ちすくんだ有栖の身体を貫いた。

「――永き夜を、終わらせるぞ」

そう言った識が刀を引き抜くと、断末魔の叫びと共に、有栖の身体が一気に崩れていく。

聞こえた叫びは有栖のものではなく、その身に飲み込んだたくさんの魂の叫び。苦しみや憎悪の念が、積み重なった怨嗟《えんさ》が、灰となって花吹雪の中に消えていく。

「あ、あああ、あああ、わたしは、何の、何のために、わたしは、わたしはぁぁぁ！！　……わたしはただ、愛する人の、……ために」

消えゆく叫び声の中で、有栖は最後にそう言った。

それはねっとりとまとわりつくような嬌声ではなく、幼い子供のように揺れるか細い声だった。

終章　光の中で

有栖の身体が全て灰へと変わる頃、枯れた花びらが一枚、しんと静まり返った座敷の中央に散った。

「終わった……の？」

「……ああ」

香夜の声に頷いた識の表情が和らぐ。

空に浮かんだ燃えるような月は、何も言わずにただこちらを見つめている。何もなかったかのように、ただそれが、壮大な海に吹いたほんの僅かな波風だったと言わんばかりに。

互いの息遣いだけが聞こえる静かな座敷で、穏やかな海のような瞳をした識が香夜を見つめている。

「……識」

そう呼んで、見つめた先の瞳が切なく濡れている。

「……あなたが好きです。……だから、生きてください」

そう言うと、識の瞳が僅かに見開かれた。

どうかこの心の揺らぎが、震えるような苦しさが、少しでも柔らかい真綿となって彼を包み込みますように。

自分と似た孤独な魂が、これ以上痛みを抱えずに済みますように。そう願って、帯の中から翡翠色に輝く宝玉を取り出し、握りしめた。有栖に見せられた幻影の中で拾った宝玉は、夢が覚めてもまだ香夜の手の中から消えなかった。

香夜はそのまま、静かに鳴る自分の鼓動に、手を当てる。

──私にはまだ、やらなければいけないことがある。

近付いた識の体温を感じながら、ゆっくりと目を閉じ、握りしめた宝玉に語りかけるようにして強く願う。

──月夜見の呪いを解き、識の命を……救ってください。

すると、瞼の裏側が真っ白な光に包まれ、身体がふわりと軽くなるのが分かった。まどろみの中、赤い髪が揺れるのを感じて香夜は口を開く。

「……呉羽……さん？」

胸の中、呼びかけた香夜の声に、振り返った彼女の表情は見えない。

それでも、溢れんばかりの光に包まれた呉羽は、目を細めて微笑んでいるような気がした。

香夜が月夜見の宝玉に願ったのは、識の命を救うことだった。命の代償は──命。

月夜見の宝玉に願った時、香夜の心に迷いは無かった。それでも、ほんの少しだけ機微が生じた。それは、識をもう一人にはしたくないという願いと、祈り。自分を愛してくれた識と、共に生きていきたいと思ったのだ。

香夜の胸の中、ずっと見ていた夢が溶けるように消えていくのが分かった。呉羽の魂が、月の代償を背負って消えていく。やっと役目を終えたと朗らかに笑うように。もう、目覚める気はないとでも言うように。

「……ずっと、見ていてくれたのですか？」

返事が返ってくることはない。言葉を交わすことはできずとも、ずっと心の奥底で感じていた自分の一部。思えば、ずっと、彼女に見守られていたような気がする。

――生きろ。

いつの間にか変わっていた瞼の裏側の世界で、うららかな春の日差しの中、舞い落ちる薄紅の中で優しく笑みを湛えた父がそう言う。

――生きろ、香夜。

繰り返し見ていた夢の中、子守歌の懐かしい旋律《せんりつ》を口ずさみながら見上げたのは、一本の桜の大樹。

柔らかな日差しが差し込むこの場所は、そうだ。父がいつも香夜を撫でてくれた木の下だ。

泣きたくなるほどの優しいまどろみが、瞬きの間に消えていく。

赤い髪をなびかせながら後ろを向いた呉羽が、父が、光の中に歩いていくのが見える。

――ああ、行ってしまうのね。

まどろみが覚め、呉羽や父の姿が見えなくなる頃、夢がゆっくりと消えていくのが分かった。

目を開くと、淡い光を灯した深紅の瞳が香夜を見つめていた。

僅かな焦燥をその目に宿した識の身体には、もう月夜見の痣は無い。

「……宝玉に、願ったのか？　代償は、お前の身体は……！」

「……呉羽さんが、全て」

小さな声でそう言って涙をこぼした香夜に、識は全てを悟ったかのように深く息をついた。

雲間に見える赤い月が、識の顔を淡く照らした。桜の芳香が座敷を満たしてゆく。

さまよい戸惑った識の指先が、そっと香夜に触れる。

香夜は、その指先に応えるつもりで、すり、と頬をすり寄せた。

引き寄せられるようにどちらからともなく触れ合った唇。

「……っあ」

そのまま堰《せき》を切ったように香夜の身体をきつく抱いた美しい妖は、その目を細めながら、何度も唇を這わせる。額に、瞼に、頬に、そして最後には深く沈むような口づけを。

とめどなく与えられる、感情の波。

妖の頂に立つ者と、妖のために咲いた花は互いにどうしようもなく惹かれ合うという。

しかし、それだけでは説明がつかないくらいに熱を帯びた身体は心から互いを求め合っていることをあらわしていた。

——ああ、この想いは、言葉にするのが惜しいほどに。

熱い胸に身体をうずめた香夜を穏やかに受け入れる識が、口を開く。

「……香夜」

温かな響きに満ちたその声色に香夜が微笑み返すと、そっと瞼に触れるような口づけが降ってくる。

「香夜」

識はそのまま、愛した存在がここにいることを確認するようにして何度も何度も香夜の名前を呼んだ。髪を梳く手のひらの温度が心地よく、香夜は静かに目を閉じる。

つう、と伝った涙が、頬を濡らした。

途方もないほどの永い夜の中、ずっと自分を待ってくれていた識に手を伸ばす。

今はただ、この優しい体温に包まれていたい。

そして目を覚ました頃、彼に伝えたい言葉があるのだ。

桜の花びらが舞う光の中、失った片翼を見つけたように香夜の身体を強く抱く識の背に、腕を回して力を込めた。

「な、凪さま!! 戻ってきた黒狼の小姓《こしょう》たち、全然オイラの言うこと聞いてくれないぞ!!」

センリの泣き声と、喧騒が大広間に響き渡る。

並んだ料理のお膳を前に、涙目で毛を逆立てるセンリの横には、識が呼び戻した使用人たちが並んでいた。

「……はぁ、何も考えてないにゃんこはええなぁ。僕にはこの赤かまぼこすら灰色に見えるわ」

薄くスライスされたかまぼこを箸の先でつまんだ凪が、恨みがましい目で虚空を見つめている。その表情を見て何か口を挟もうかと迷う香夜だったが、ここで何かを言ったところで逆効果だろう。

「ねえ、かまぼこをこっちに向けてくるのやめてくんない? 俺、練り物嫌いなんだよね」

口いっぱいに食べ物を頬張りながら、心底嫌そうにそう言った伊織。

死んだ魚のような目には、侮蔑の色が浮かんでいる。あんな眼差しを向けられた暁には、声を上げて泣いてしまうと香夜は思う。

しかし、凪は全く気にしてない様子でかまぼこをいじり続け、キッと伊織を睨んで口を開いた。

「はぁ？　伊織には失恋した大親友を慰める心意気ってもんが無いんか？　この冷血《れいけつ》漢《かん》！　まあまだ諦めたつもりは無いけどなぁ！」

「……うっざ、近寄らないで。もっと離れて。あと不快だから喋らないで」

「てか、香夜ちゃんが生まれた時から見守っとったって何!?　そんなん勝てるわけないやん、てかなんで僕らに何も言ってくれんかったんやと思う？」

「お前に信用が無いからだろ」

「はあぁ!?」

伊織は、有栖に操られていた妖の治療をするためにしばらくこの屋敷に滞在することになった。

でもこの様子を見る限り、きっとすぐ城下に戻ってしまうだろう。

揺らぐ狐火がこちらまで漂ってきて、ほう、と庭を照らす。

色とりどりの鮮やかな花々が咲いた庭の中心には、桜の大樹が立っていた。

「……どうした、そんなに嬉しそうな顔をして」

柔らかく響いた声に香夜が振り返ると、盃を片手に縁側に腰かけた識と目が合った。

少し着崩した着流しの下で、常夜頭の印が赤い光を持っている。

「嬉しいんです。……何でもない日常が、こうして繰り広げられているのが」

そう言うと、識は目を細め、こちらに来いと言うように片手を広げた。

素直に従い識の胸元に収まると、そのまま強く抱きすくめられる。首元に口づけた識の冷たい唇に、頬が燃えるのを感じた。

識の魔力は、香夜と触れ合うたびに増幅していっているらしい。

そのせいか否か、識からの甘い触れ合いがこうして人目をはばかることなく降り注がれるため、香夜はきゅっと身を固くさせることしかできない。

「香夜、俺の背に手を回せ」

「えっ、で、でも皆が見て……」

「構わない。見せつけてやればいいだろう」

そう言って不敵に笑った美しい妖が、もう一度香夜の全身に口づけを降らせる。

月夜見の宝玉に願った代償として香夜の身体から呉羽の魂が消えた時、識は静かに頷き、香夜を抱きしめた。

失ったものを確かめるようにしばらく続いた抱擁の後、識は香夜の名を呼び、眉を下げて微笑んだ。

月夜見の宝玉は香夜の願いを叶えた後、跡形もなく姿を消してしまった。きっと、あの不思議な神器は、今も、光を求める誰かの前に現れているのだろう。

ずっと静まり返っていた黒狼の屋敷が、今では橙色の光に包まれ、賑やかな笑い声の溢れる場所になっている。

妖しく揺れる狐火と、どこからか聞こえてくるお囃子の音色。煌びやかな常夜の中心で、香夜を強く抱いた黒狼が美しい微笑を湛えている。

「――識、愛してる」

愛おしい識の温もりに身をゆだねながら、香夜はそっと言葉を続けた。

「私と、生きてくれますか？」

香夜の言葉に一瞬目を見開いた識の目が細まり、深く暖かな笑みへと変わる。

「……ああ」

深く響いたその声に、香夜は思い切り識を抱きしめた。

お互いの存在を確かめるように重なる体温が愛おしい。

春風に吹かれた薄紅が舞い散る縁側で、その温度は、いつまでも冷めることなく二人を包み込んでいた。

【完】

あとがき

はじめまして、結木《ゆのき》あいと申します。このたびは『黒狼の花贄～運命の血を継ぐ少女～』を手にとっていただき、誠にありがとうございます。このような形で皆さまにご挨拶ができることを、とても嬉しく感じております。

本作品は妖と人間という異なる種族間を超えた純愛、というテーマを元に描いた物語です。また、広義では「生きること」を主軸に置きたいなという思いもありました。「生きろ」という言葉は色々な意味で強い言葉で、一転すると無責任な呪いにもなり得ます。きっと、愛する人に心から「生きろ」と願いを託す時は、その人のためなら自分の命すらなげうつつ覚悟がある時でしょう。託される側からしたら、何とも無責任な話ですよね。それでも、一番根底にある愛の言葉だと思うのです。

また物語を書く上で重要視したのが登場人物の感情と、香りでした。雨が降る前の土が湿ったような匂い。青臭い春風の匂い。散ってしまう前の花の匂い。私たちの日常にある、なんてことない香りでも、その日、その時々で感じる印象が違います。物語の中に存在する香りの変化を、ぜひ、香夜になったつもりで感じていただければ幸いです。

もう一つ、お話の中における母親や有栖の存在も、完全悪にはしたくないという気持ちがありました。きっと、有栖があんな風になってしまう前は香夜たちと同じ心を持った人間だっただろうし、冷たく香夜に当たった郁だって娘を愛した時間があったはずです。有栖を元人間という立ち位置にしたのは、彼の狂気を「妖だから狂ってもしょうがない」という言葉で片付けたくなかったからかもしれません。

ただ全体的に暗くどんよりしたままお話が進むので、「早く明るい展開に……皆幸せになってくれ……！」と願いながら書き進めていました。冷たい世界にほんのり光が差し込んだようなラストが描けていれば嬉しいです。

最後になりますが、本作品を完成させる上で携わっていただいた全ての皆さまに改めて感謝の意を表させていただきます。また、この本をお手に取ってくださった皆さまにつきましても深くお礼申し上げます。本当にありがとうございました。

それでは、またどこかでお会いできることを願って。

結木あい

この物語はフィクションです。実在の人物、団体等とは一切関係がありません。

結木あい先生へのファンレターのあて先
〒104-0031　東京都中央区京橋1-3-1　八重洲口大栄ビル7F
スターツ出版（株）書籍編集部 気付
結木あい先生

黒狼の花贄
～運命の血を継ぐ少女～

2023年3月28日　初版第1刷発行

著　者　結木あい　

発 行 人　菊地修一
デザイン　カバー　北國ヤヨイ（ucai）
　　　　　フォーマット　西村弘美

発 行 所　スターツ出版株式会社
〒104-0031
東京都中央区京橋1-3-1　八重洲口大栄ビル7F
出版マーケティンググループ　TEL 03-6202-0386
（ご注文等に関するお問い合わせ）
URL　https://starts-pub.jp/
印 刷 所　大日本印刷株式会社

Printed in Japan

ISBN　978-4-8137-1412-5　C0193

スターツ出版文庫　好評発売中!!

『卒業　君がくれた言葉』

学校生活に悩む主人公を助けてくれた彼との卒業式を描く（『君のいない教室』蒼山皆水）、もし相手の考えが読めたら…と考える卒業式前の主人公たち（『透明な頭蓋骨』雨）、誰とも関わりたくない主人公が屋上で災いのような彼と出会い変わっていく姿を描く（『君との四季』稲井田そう）、卒業式の日に恋人を亡くした歌手を目指す主人公（『へたっぴなビブラート』加賀美真也）、人の目が気になり遠くの学校に通う主人公が変わっていく姿を描く（『わたしの特等席』宇山佳佑）。卒業式という節目に葛藤しながらも前を向く姿に涙する一冊。

ISBN978-4-8137-1398-2／定価704円（本体640円+税10%）

『余命半年の小笠原先輩は、いつも笑ってる』　浅原《あさはら》ナオト・著

大学一年生のわたしは、サークルで出会った三年生の小笠原先輩が余命半年であることを知る。“ふつう”なわたしは、いつも自由で、やりたいことをやりたいようにする小笠原先輩に憧れていた。そんな小笠原先輩は自分の“死”を前にしても、いつも通り周りを振り回し、笑わせて、マイペースで飄々としているように見えたけれど……。「死にたくないなあ」ふたりに特別な想いが芽生えるうちに、先輩の本当の想いが見えてきて――。笑って、泣ける、感動の青春小説。

ISBN978-4-8137-1399-9／定価715円（本体650円+税10%）

『鬼の花嫁　新婚編二～強まる神子の力～』　クレハ・著

玲夜の溺愛に包まれ、結婚指輪をオーダーメイドして新婚を満喫する柚子。そんなある日、柚子は龍と撫子から定期的に社にお参りするようお願いされる。神子の力が強まる柚子はだんだんと不思議な気配を感じるようになり――。また、柚子と同じ料理学校の芽衣があやかしに絡まれているのを見かけ、思わずかくまってあげて…⁉　一難去ってようやく待ちに待った新婚旅行へ。「柚子、愛してる。俺だけの花嫁」文庫版限定の特別番外編・猫又の花嫁同棲編収録。あやかしと人間の和風恋愛ファンタジー新婚編第二弾！

ISBN978-4-8137-1397-5／定価671円（本体610円+税10%）

『捨てられた花嫁と山神の生贄婚』　飛野《とびの》 猶《ゆう》・著

没落商家の三笠家で、義理の母と妹に虐げられながら育った絹子。義母の企みにより、山神様への嫁入りという名目で山の中に捨てられてしまう。そこへ現れたのは、人間離れした美しさをまとう男・加々見。彼こそが実在しないと思われていた山神様だった。「ずっと待っていた、君を」と手を差し伸べられ、幽世にある彼の屋敷へ。莫大な資産を持つ実業家でもある加々見のもとでお姫様のように大事にされ、次第に絹子も彼に心を寄せるようになる。しかし、そんな絹子を妬んだ義母たちの魔の手が伸びてきて―⁉

ISBN978-4-8137-1396-8／定価682円（本体620円+税10%）